JN169503

SUIKODO KENSUI
Yasuoka Masahiro

安岡正篤

心に刻みたい不朽の名言

酔古堂剣掃（すいこどうけんすい）を読む

致知出版社

酔古堂剣掃は、我々の心境を養い、活眼を開かせ、
おのずから精神生活を豊かにする、
これを余裕と言う。
身を持し、世に処するには余裕が必要である。
又、この書には自然を描写しつつ、
そこに何ともいえぬ愛し(かな)さが漂っている。
それが味わえる様になれば本物だ

安岡正篤

酔古堂剣掃を読む＊目次

第一章　「淡宕」の心境

第二章　風雅の至極

第三章　人間と花鳥風月

第四章　大丈夫の処する道

第五章　智者の達観

装　幀――川上成夫
カバー写真――gettyimages
編集協力――柏木孝之

第一章——「淡宕（たんとう）」の心境

■「穢国悪世（えこくあくせ）」の現代に読む書

仏典『悲華経（ひけきょう）』の中に「穢国悪世」という言葉があります。現在のわれわれの世の中は、本当にこの言葉の通り、穢国であり悪世であり、その意味では末世、あるいは衰世（すいせい）と言うてもいい。このお経は日本の僧侶でもまだ知らない人が多いけれど、実にいいお経であります。その中に「西方極楽浄土に往生するなどというのはまだ浅いもので、穢国悪世に成仏することこそ本当の菩薩（ぼさつ）大悲である」とあります。私はときおり「縁に触れる」と言うのですが、それこそが菩薩大悲の至極であります。この悲しみという感情は、人間のいろいろの感情の中の至極であって、人間そのものを表す。喜ぶという感情もある。楽しむという感情もある。怒る、悔やむなどといろいろの感情があるが、あらゆる感情の中で、悲しむという感情ほど人間そのものを表す至極はありません。その悲しみに「大」の字をつければ「大悲」になります。観世音菩薩のことを大慈大悲の至極という所以（ゆえん）であります。ですから、母の一番貴いところを「悲母」と言います。明治画壇の代表的存在であった狩野芳崖（かのうほうがい）にあります。
「悲母観音」の名画があるが、「悲母」という言葉は、母・女性の至極の表現なのであります。

今日の日本はまさに穢国悪世です。どう贔き目にみても汚れた国であり、悪い世の中です。その穢国悪世を捨てないで、穢国であればあるほど、悪世であればあるほど、菩薩にすればこれ以上の悲しみはない。いわゆる大悲の至極なのであります。この悲という字に「願」をつけると「悲願」となる。楽願ではいかんので、悲願ということが一番尊い。菩薩の悲願こそが大悲の至極なのであります。

したがって、こういう穢国悪世を、ただ単に非難したり憎んだり憤ったり、それはいろいろの感情があります。けれども、国民として、識者として、一番の至極の感情はやっぱり悲しみということであります。特にわが国の指導者たちは、それこそ「大悲」「悲母」の心を持たなければいかん。そして国民もまた今日こそ生きる根本において、慈悲の学問、慈悲の信仰、慈悲の願い、いわゆる悲願を養うべきである。そういう心があって初めて、その中に人間としての真の楽しみが発見されるのであります。人間の感情というもの、人間の良心というものはいかにも神秘なものであって、心のそういう最も深い琴線に触れるような学問をすることが非常に尊いのである。それにはやはり、古人の傑作名著を読むのが一番です。

しかしそういう学問は、一朝一夕では会得できるものではない。のみならず、突きつめて言えば独り学ぶべきもの、「独」の心境で学ぶべきものである。「独」という字には、非常に複雑な、非常に深遠な意味がある。まず第一番に誰にでもわかるように多くの人に対する一人、孤独の独という意味があり、その他に「絶対」という意味がある。相対を超越するという意味の独である。「超越する」という言葉もまたみだりに使えないけれども、相対を突きつめると絶対になる。それをさらに突きつめると人間も独になる。つまり、孤独の独ではない。絶対の独なのであります。それがわかって初めて独立・独参・独行（どくぎょう）となる。剣聖・宮本武蔵は「独行道」と言うております。

われわれもまた複雑きわまりのない現実の中にあって、時には独になりますが、独を味わうことは極めて尊いことです。『荘子（そうじ）』ではこれを「見独」と言い、仏教では必ずしも禅にかぎらんが、独の深理、教え、真理を説いておるのであります。

そして、だんだん独に徹していくと、初めて真の楽しみも開けてくる。そこが人間精神の最も微妙なところで、「独楽（どくらく）」の境地が開けてくる。これを「一人楽しむ」なんていうのは極めて浅薄なる解釈であって、本当は「独の楽しみ」と考えなければならん。すなわち、自分自身、孤独、これは誰も寂しいことであるが、その孤独にだんだん徹していくと独楽の境地が開けるのであります。

そういう複雑微妙な気持ちから、独悲ではなくて、独楽の文献を選びだして読んでみようかと思ったら、古人の文献には「いいな」と思う材料がいくらでもある。しかし、あまり凝ったものだと、これを解説するのに時間がかかるばかりでなく、予備知識がまた大変である。率然として話をしてもなかなか意を尽くせない。何かわかりやすい、しかも昔から日本人、特にわれわれの前代である明治の人々で、見識が広く、心ある、教養の高い人々が読んだものはないだろうかと、あれこれ探してみたら一つには『菜根譚（さいこんたん）』があった。しかしこれはどうも物足りない。そこでふと思ったのが『酔古堂剣掃（すいこどうけんすい）』です。これは徳川時代から、特に明治の人々が非常によく読んだもので、広く行き渡っていた。「剣掃」は「ケンソウ」と読んでもいいのだが、読み癖で「ケンスイ」と読まれている。この本は意外なほど広く普及して、いろいろの文人・墨客が愛読したものとしては、『菜根譚』などよりずっと内容が豊富でかつおもしろい。

昭和の初めのころであった。私は『酔古堂剣掃』が大変におもしろいものだから、その中から会心の文章を選んで講じたことがある。それに対して、私の心友であった作家の吉川英治君が非常に共鳴して、吉川君が装丁をしてくれた私の著書『童心残筆』の付録としたことがあります。余談ながら、この本は当時としては大変に贅沢な装丁で、私としては、どうせ道楽な人がいくらか読むのだろうと思っていたら、びっくりするほど売れたことがある。そこで今回は『酔古堂剣掃』から、私が『童心残筆』に選び出した文章をテキストにして皆さんと一緒にしみじみと味読してみようと思います。

この穢国悪世の実に物情騒然たる雑駁な時世に、こういう本を読むことは、一つの救いであり、妙薬であります。そういう意味で講じますから、皆さんも耳と目と心を働かせて、楽しんで聴いてください。

『酔古堂剣掃』という書物は、明末の教養人・陸紹珩が長年愛読した古典の中から会心の名言嘉句を収録した出色の読書録であります。当時の中国は伝統的な儒教・仏教・道教が知識階級に普及して、それまで対立していた儒・仏・道の三教の我がとれて、自由に三教に遊ぶような読書人・教養人というものが輩出した。これは明代の一つの特徴であり、そういう中から王陽明（おうようめい）や、あるいは陳竜川（ちんりゅうせん）とかいろいろ偉い人も出た。発達した読書人階級の間に、単に知識を習得して資格試験に及第する学問というものだけでなく、人間および生活そのものを潤す真の意味の学問が普及し、人間学の貴重な書物・善本がたくさん出た。西洋人の言うカルチャーとしての学問・読書、これが大変に発達し普及したのであります。

それら善本の中から日本に普及したものの一つが『菜根譚』であり、特にそれから明治時代にかけては『酔古堂剣掃』であった。明治の人はよく読んだものでありますが、大正になり昭和になるとともにだんだん読まれなくなった。まだ『菜根譚』のほうがだいぶ残っており、近ごろもまた二、三、訳されたりして出版されておるようですが、『酔古堂剣掃』にいたっては明治・大正でついに終わったというか、昭和になってほとんど見かけなくなりました。

しかし、内容は『酔古堂剣掃』のほうが比較にならんほど豊富です。これは単なる一片の知識だとか理論とかいうものでない。人間が人間としての人格、人間としての教養、人間としての生活を潤す。孟子の言葉で言うと「心広体胖（しんこうたいはん）」、人間の心を広く体を胖（ゆた）かにする「広胖（こうはん）」という熟語があるが、心身を本当に養う。つまり心の食べ物、心広体胖ならしめる精神・魂の食物であります。前置きはこれくらいにしておきましょう。これを序説・解説として、いよいよこれを読みながら楽しみたい。楽しみながら読んでいこうと思うのであります。編著者の陸紹珩（字は湘客）という人がどういう人であったかはあまりつまびらかにしない。要するに、明末の豊かな教養人と考えておけばまあ充分であります。

■真の「生計」、真の「交游」

世路中の人、或は功名を図り、或は生産を治め、儘自ら正経とす。天地間の好風月、好山水、好書籍、了に相渉らざるを争奈せん。豈に一生を枉却するにあらずや。

「世路中の人」とは人間が、世間の人が生きていくその過程であります。つまり世俗の人々は「或は功名を図り」、何か人からやんや言われるようなことをやりたい。「或は生産を治め、儘自ら正経とす」、みんな正しい経歴経路を本筋としておる。何か成功しよう、何か産業を興して財産を作ろうということを、世間の人々はそれこそが本筋の生き方だと考えている。そうして「天地間の好風月、好山水、好書籍、了に相渉らざるを争奈せん」。せっかく与えられているこの天地間の好風月・好山水・好書籍というものを楽しんで、それを身につけるというようなことに直接関与しない。没交渉に終わってしまうということは、なんとも情けないことじゃないか。「豈に一生を枉却するにあらずや」。枉という字は曲げるということですから、せっかくの人生、人間の一生というものを曲げてしまう。使いものにならなくしてしまう。柱にも器にもならん。せっかく人と生まれてきながら、天地間の好風月・好山水・好書籍、歴史の尊い産物といったものを自由に楽しむ、用いるということができない。ケチケチとただ単に金儲けとか出世とかいうことに没頭している、もったいないじゃないか、そういう考え方であります。

日本民族や漢民族、これを総括して東洋人と言える。われわれ東洋人、すなわち日本人や中国人、詳しく言えば満州人や蒙古人も安南人も皆入るわけだが、インド人はちょっと違う。インドアーリアンといって純粋の東洋人とはちょっと違います。

余談ではあるが、私はかつて、この純粋の東洋人の東洋を創ろうと思って、若い時分だいぶ苦労したことがあります。満州と蒙古、これは満蒙と言うて、いわゆる中国とは違う。中国は漢族であって万里の長城を境に分かれている。その満蒙と中華と日本、この三国が連携して純粋の意味での東洋世界を創ろうと、長いこと歴史的文化的研究をやってそれを信念とし、また理想としておったのだが、それが戦争によってメチャクチャになってしまった。大変に残念に思っております。冥土（めいど）まで持っていかなければならん。しかし誰かそのうちやるだろうと思っております。そうなったら冥土から生まれ変わって祝辞を述べてやろうと思うが、いつになったらそういう世界ができるか。「豈に一生を枉却するにあらずや」であります。どうも考えてみると、死にがけに、俺はよく生きたと思う者が何人おるか。一生を本当に台無しにしてしまう。使い物にならなくしてしまう。これはなかなか風流で同時に深刻な指摘であります。人間の本当の仕事とは、天地間の好風月・好山水、すなわち自然を充分生かし楽しむということである。そこから本当の教養を身につけ、立派な人格を作りあげるということ、これが本当の生活であります。

刺（し）を投じて空しく労するは原（も）と生計にあらず。裾（すそ）を曳（ひ）いて自ら屈するは

豈(あ)に是(こ)れ交游ならんや。

名刺を差し出して、大臣の所へ日参するとか、官僚の所へ、あるいは某大会社の社長さんとか重役さんとか、あっちへ名刺を持っていき、こっちへ名刺を持っていって、それこそ功名を図り、生産を治める。こんなものは元を尋ねれば、突きつめて言えば、人間が生きる計りごとではない。「生計」とは『人生の五計』でも詳しく説明しているが、単に日常の暮らし、金をこしらえる、生活の道を立てるというく生計ではなく、もっと根本的・本質的な生計、われらいかに生くべきやという人生至極の問題であります。そんな功名だ、生産だということのために、あっちにウロウロこっちにウロウロと有力者を訪問したり、成功者の門を叩いたりというようなことは、元来、人間いかに生くべきやという計りごとじゃない。

「裾を曳いて自ら屈する」とは、昔の礼装で、礼服を着て、腰を低くしてご機嫌をとってまわるということ。それが「豈に是れ交游ならんや」である。こんなことが本当の交際と言えるかというわけだ。なかなか辛辣(しんらつ)である。心にもなくやむを得ず、自分を殺してそういうことをやっている人が、たまたまこんな文章を読んだら、愕(がく)

然とせざるを得んだろう。そこに、こういう文章の妙味がある。非常に厳しい。深刻だけれども、しかし人間というものはまたこうなんだ、と言うております。

人、一字識らずして而も詩意多く、一偈参ぜずして而も禅意多く、一勺濡さずして而も酒意多く、一石暁らずして而も画意多きあり。淡宕の故なり。

人間は一字も知らなくても、つまり文字の教養がなくても、その人自体詩人的である。「詩意多く」とは文字なんか知らんでも、いわんや学校なんか出ないでも、文芸の本なんか読まんでも、天品というか、人柄そのものが詩的である、いわゆるポエティカルである、あるいは芸術的である。こういうことは確かにあります。文字のない詩人、これは田夫野叟にも自ずからあります。

同じように「一偈参ぜずして而も禅意多く」であります。禅にはいろいろ公案というものがあって、俺は公案何則通ったということをよく言う。『碧巌録』なんか百則もある。教科書みたいに参禅公案の種類を集めたものがたしか千二、三百則あったような気がするが、そんな参禅なんてやらなくても、しかも禅そのものの心、禅意の多い人がいる。かえって臭い禅僧とか、禅客なんかよりもずっと超脱した妙境にある人物もいる。「一勺濡さずして而も酒意多く」、ひと雫も飲まないで、しかも酒意多い。酒を飲む人間よりも飲酒の味・趣を豊かに持っておる者がある。酒が飲めなくとも酒を楽しめる人、あるいは酒座、酒の座を楽しませる人、これは往々にある。「一石暁らずして」とは一つの石の画き方も知らないで、しかも人間そのものに画意、絵心が豊かにある。こういう人もある。

どうしてそうなのかというと「淡宕の故なり」と締めている。「淡」はこれまたその意味がなかなか難しい。「宕」というのは、岩石が山の崖下だとか、あるいは森の中に、堂々たる大石としてでんと構えているさま、これが宕であります。だから豪傑の豪を書くと「豪宕」となり、スケールの大きな、確乎として奪うべからざる力を持っている。また、英雄の雄の字をつけると「雄宕」となる。このようにいろいろ熟語がありますが、ここでは「淡」の字がついて「淡宕」という。なかなか味が複雑である。

普通は淡といえば淡い。淡いというのはどういうことかと言えば、味がない、薄味のことだなんて解釈しています。しかしそんな解釈ならば、「君子の交わりは淡・水の如し」などは、君子の交わりというものは、水のように味がないとなってしまう。君子の交わりはつまらんということになってしまう。だから「淡」とは味がない、味が薄いというような意味ではない。それならどういう意味かというと、この本当の意味がわかって、実は初めて淡水とか淡交、君子の交ということがよくわかる。一言で言うなら、甘いとも苦いとも渋いとも、なんとも言えない妙味、これを淡という。

甘いとか苦いとか渋いとか酸っぱいとかいうのは、「偏味」というけれども、そういう偏(かたよ)った味ではない。一番わかりやすい言葉で言うと、「無味」という。これは老荘流に言うと無の味。禅でも無の味。しかし無の味なんて言うと、普通の者にはわからん。無味なんて書いたら、たいてい「味無し」と解釈してしまう。それでは他に言葉がないかというところからこの「淡」が生まれた。「淡味」と言う。だから「君子の交わりは淡・水の如し」とは、ちょうど甘いとも苦いとも酸っぱいとも、そういう偏った味ではなく、なんとも言いようのない味なのだが、実在の世界で至れるものは水である。つまり「至味」、至れる味であり「神味」とも言う。だから人間、死ぬときは皆「水をくれ」と言う。死ぬときに「酒をくれ」と言う人はめったにない。あればよほどの豪傑であります。

私が少年時代に剣を教わった絹川清三郎という人は関西では有名な剣の名人でありました。この人の甥が鍋山貞親（なべやまさだちか）君だ。この絹川先生に私は非常に可愛がられたが、鍋山君の話によると、「大いに敵愾心（てきがいしん）を持った」なんて白状しておったことがある。その後久しく別れておって、戦後でもないが、お互いに成長してからまた相会うことになって、私たちの研修会で演壇に立ってもらったことがある。そのときに彼は、「獄中でふと差し入れられた書物を読んで、初めてそれに心酔して、その著者の書物を集めてもらって耽読（たんどく）した。そしてだんだん聞いてみたら、なんぞ知らんその著者は、自分の少年時代に叔父からしきりに聞かされた少年だった。実は安岡先生であります」

と言って皆を笑わせ、感心させたことがありました。この鍋山君の叔父さんの絹川先生は非常な名剣士であった。この人は亡くなられるときに、酒だけが喉を通った。喉頭（こうとう）がんで水も通らん。でも酒だけは通る。これはやっぱりちょっとタダ者じゃないです。

それから、私の中学の親友で先輩だった大阪の天満宮の寺井種長宮司。この人も非常に酒が好きで、私がお参りすると、茶を持ってくる前に酒を持ってこいという人で、この人が亡くなるときに、寝床から手を出すので、奥さんが水ですかと尋ねると、首を振る。それなら酒だなと思って、酒ですか、と言ったらウンウンとうなずいた。それで酒を持っていってあげたら、それをうまそうに飲んでぱたっと落として亡くなった。息が絶えた。なかなか豪傑です。ちょっとできない。もちろん死にがけに真似してみようなんて気も起こりません。

しかしこれは別に学ぶべきことでもないが、とにかく淡宕の宕に似ている。淡という字は言うに言えない味、水のごとき味。それで初めて「君子の交わりは淡・水の如し」ということがわかる。君子の交わりは甘い交わりでもなければ、苦い交わりでもない。なんとも言えん味の交わりで、これがいわゆる淡交である。つまり至極の味なんであります。

茶というものもそうで、お茶というものの蘊奥(うんおう)・極意は淡にある。「淡・水の如し」というところにある。砂糖でもない、酒でもない、なんでもない、もうそういう世の中の俗な味の話を通り越した至極の、しかしなんとも言えない淡々たる交わり、そういうのを茶話と言う。世間のいわゆる茶話などというのは、正確に言うと「無茶話」というやつなんだが、普通はそれが茶話で通ってます。

老夫婦のことを茶飲み友達という。あれを世間の人は、夫婦が歳をとって、もう色気も面白味も何もなくなってしまった、つまらない老夫婦の仲というふうに考えている。これはとんでもない間違いである。本当は人生の酸いも甘いもなめ尽くして、なんともかんとも言えん情味のある話のできる語らいが、年寄りの茶話というものなのです。世間はその本当の意味を無慚（むざん）に誤り解して、「いやもう、われわれ老夫婦なんかまことにつまらんもので、老人の茶話です」なんて言う。わかっているようで、一つもわかっておらん。まことにつまらん老人ということになる。人生にはそういうことが多い。茶飲み友達なんていうのも、実はなんとも言えん味のある友達ということであります。これは、よほど人生の経験を積んで、もう至極の境地にいたっておる、その淡であって、しかしながらそこになんとも言えないおおらかさ、強さ、逞（たくま）しさを持っておるというのが宕、だから「淡宕」という言葉は実に味のある、いい言葉です。

西郷南洲の晩年はたしかに「淡宕」という境地です。あの人がたまたま官を去っ

て、帰村したときに、村にはいろいろな問題があって、村長が泣き言を言いにやってきた。そしたら西郷さんが坐りなおして、

「そいじゃ、おいどんがやろうか」

と言った。村長はびっくりした。まさか明治新政府の参議・総督が田舎の村長になるわけない。冗談だと思った。ところが冗談じゃない。西郷さんは本気に言うておる。つまり西郷さんから言わせれば、自分の生まれた村の村長も、偉勲赫々たる参議・陸軍大将も同じことなのであります。スケールというか、こういう境地というのが、「淡宕」です。なかなかここまで行く人はいない。人間もここまで行けば偉い。英雄・哲人の終わりには、時折こういう境涯がある。誰にでもわかるのは大西郷の最後の風格、晩年の風格であります。

■真学と俗学

田園真楽あり。瀟洒ならずんば終に忙人となる。誦読真趣あり。玩味せずんば終に鄙夫となる。山水真賞あり。領会せずんば終に漫遊となる。

吟詠真得あり。解脱せずんば終に套語となる。

「套」という字は大と長からなっている。大長を重ねた文字です。ところがそれがいろいろに変化しまして、われわれの持ち物、われわれの衣類、そういうもののひと重ねとなり、さらに転じて、持ち古し、陳腐というような意味になるのだけれど、本来の意味は、いろいろ役に立つので常用すること。常用はつまり平凡になる、陳腐になる。そこで、通常というような意味に落ち着いてくるのだが、そういう通俗的な意味になります。

田園に本当の楽しみがある。瀟洒というのは「洗う」「洗いだす」で、アカを落とす、洗いだすという意味。つまり、田園に真楽があるが、洗い抜かんと、アカを落とさんと、言い換えれば解脱せんと、終に忙人となる。忙しい人間になる。それ草取りだ、それ水を入れるんだと、いたずらに忙しくなってしまう。「誦読真趣あり」、書を読むということは、真の趣がある。しかし、玩味しないと結局は鄙夫、卑しい人間になる。学者には案外俗物が多いものです。それは本当に学問をしぬかん、いたずらに学問を弄ぶものだから鄙夫になる。同じように、「山水真賞あり」

は山水を漫然と賞美するのでは漫遊にすぎない。このごろの有象無象が行くような旅行なんていうのは、あれは漫遊というもので、真賞ではありません。「吟詠真得あり」、詩を作ったり、和歌を作ったり、それを吟じ、読んで楽しむ。これは人間として真実を得るところ、所得がある。しかし、これとて解脱しないとつまらない平凡な言葉の遊戯になってしまう。「套語」になってしまう。せっかくのこともその真を得なければ、俗になってしまうのである。何事によらず、ピンからキリまであるので、ただ山水を愛でるといっても、読書を楽しむといっても、人によっては千差万別、真もあれば俗もある。学問だって真学もあれば俗学もある。人間も真人、俗人いろいろである。心掛けと人となりによらなければ、これはもうピンからキリまで、まるで正反対にまでなるのであります。

　このごろはそういうことを感ぜしめるいろいろの材料がありすぎる。一国の宰相などは、最も卑俗な代表であると考えさせるいい材料であります。このごろの人は、皆それぞれ学校を出て、大学を出て、おそらくそれ相当の優等生だろう。しかし、私は時折感ずるのである。このごろは文章や詩になる会話、問答がない。国会なんかへ行って、あるいはその報道を聞いておっても、宰相・大臣をはじめとして、名士はようよいるけれど、この人はできておるな、この人の教養は豊かだな、高いな、おもしろいな、と思うような思想・言論・応答、そういうものがほとんどない。皆いかにも通俗ないしは低俗だ。良きにつけ悪しきにつけ、歴史の記録に留めておくような発言、言論が実に乏しい。「なんとか言え」という俗語があるが、このごろの人間はなんとも言わん。本当に屠所(としょ)に曳かれる羊のようです。

皆、大学を出て優等生だったのだろうけれど、本当の学問をしておらん。本当の学問というのは人間・人格・教養・悟道というような学問であるけれども、そんな学問は何もしていない。ただ学校で教科書・参考書を読んで、試験を受けて、与えられた一時間か二時間かにいくつかの問題に答案を書けばそれでいい。講義を聴いたり、参考書を読んで、暗記でもすればそれで間に合うというようなものは真の読書でもなければ学問でもない。もっとも、職業人として職業的知識・技術くらいは皆持っておる。持たなければ出世もできん。けれども、人間としての教養、人間としての悟道、そういうものが何もないから、問題が起こって、思いがけない場に立たされたときに、言葉・思想・見識・信念といったものが、言葉になって出てこない。誠につまらない、いわゆる通俗・俗人である。新聞なんか読んでおってもつまらない。その意味でも「なんとか言え」とはいい言葉であります。
それなのに、出てくる言葉は相も変わらず繰り言・泣き言である。いずれそれ相当の人物だから、大向こうを唸らせるほどでなくても、心ある者をして頷かせるような言葉がありそうなものだと時々注意するが何も出てこない。新聞を読むのも嫌になります。

こんなことは言いたくないけれど、田中角栄さんなどは鄙夫より起って、とにもかくにも大日本国の宰相になったんだから、何か一言あってしかるべきだ。さすが田中はなかなかできておると思わせるような挨拶があっていいのに、ただベラベラ喋っているだけで、思想も見識も信念も言葉になって表現されていません。

挨拶ということの本当の意味を知る人、いや文字を書ける人もこのごろは少ない。挨拶とは人に「うん、なるほど、さすが」と思わせる発言・表現、対象に迫る、ものをきちんと説くことを言うのだ。昔の人は「ご挨拶痛みいります」なんていうが、実によく文字をこなした言葉です。つまり痛いところへピシッと行くことだ。それで痛みいります。挨拶もロクにできんということは、問題にパチッと当てはまらんことを言う。矢で言うなら逸れ矢、的を射ない。何やら訳のわからんことをボソボソ言うとる。昔の人は言いました。「こいつはいい歳をして挨拶もロクにできません」と。あれは名言です。名言というより痛言だ。本当にそれ相当の人物であるはずなのに、ロクな挨拶ができない。議会なんかの問答でも、くだらんことを質問して、それへまた、おもしろくなさそうな顔してトボトボ出てきて、二言三言何やら言うて、お辞儀してすくんでいる。あんな議会の問答ならないほうがいい。情けないことです。

そこへ行くと、さすがに明治時代の議会は、なかなかどうして、それ相当の人物が熱論を戦わせて、堂々たる挨拶を交わしておる。それがもう昭和になってなくなりました。平々凡々というのか、低俗というのか、どうかすると俗悪になって実につまらない。議会なぞ行ってみる気もしない。演説なんか聞く気もしない。新聞も一瞥（いちべつ）したらたいていわかるような、読む気もせんような記事が多い。全国に大学だけでも八百を超すほどの学校ができて、まるで日本を学校で埋めるような教育国になっているのに、日本人の教養堕落せりと言うべきであります。

学問なんていうのは、何も書物をたくさん読んでいることではない。本当に考えて書を読む。書を読んで考える。そこに本当の学問がある。われわれは本当の学問をしなければいかん。片々たる知識、イデオロギーなんて必要とするのではない。あの人はできておるなとか、あの一語は味があるとか、そういうふうにならなければいかん。いまの日本はそういう点において、非常に堕落したと言わざるを得ないのであります。残念だけど、さすがに明治時代の人物は、政治家でも軍人でも財界人でも、いまにして思えば、なかなか人ができておった。話をしておもしろかった。今日、会って話をしようなんて思う人間は、名士の中で本当に少なくなった。私は幸いにして、明治人・大正人・昭和人、三代の代表的な人間をよく知っておる。このごろは人がいなくなったと、体験からしみじみ考える。それだけに、『酔古堂剣掃』などを読むと、身に沁(し)みておもしろい。あるいは楽しい。

■「遊」の哲学

私の座右にある『酔古堂剣掃』は嘉永(かえい)六(一八五三)年版であります。その末尾には、すなわち「跋(ばつ)」として頼醇(らいじゅん)(通称は三樹三郎(みきさぶろう)、山陽(さんよう)の第三子)が書いておる。本も愛読書は慣れてみると血が通うというか、心が通う。書物が本当に生き物のようになる。長く親しんだ愛読書というものは、これは実に楽しいもので、まさに親友と同じものになる。おもしろいもので、心から読む、心読すると書物が生きてくる。書斎の文字通り座右の書架に、こういう古人の書を並べておいて、それと一緒に暮らしておると、本当に血が通って、心が通って、何よりも嬉しいものになる。よく感ずることがあるが、夜の会合などがあって遅く帰ってきて書斎に入ると、愛読書の著者が「おお、いま帰ったか」と挨拶するような、されるような気がするものです。そうすると、つまらない会合など早く帰って、書斎であの本を読みたいという気がよく起こる。孤独を慰めるにこれくらい親しいものはない。書物との仲がそうならなければ真の読書でも学問でもありません。

学問と言えば、「学記（がくき）（『礼記（らいき）』の中の一篇）」という本がある。改まった決まりきった席はそういうわけにいかんが、私は自由なこういう研修会には、予定を作って、それに従って話をすることを実は好まない。そうすればもっと楽かも知れないが、型にはまって、なんというか血が通わん、情が移らん。皆の顔を見ながら、念頭にのぼってくる、それそのままに自由に話をするというのが、一番楽しいのであります。

学問もそうで、「遊学」という言葉がある。遊ぶ学という。普通は遊学というと、どこか遠い所へ出かけて勉強するくらいにしか考えないが、本当の遊学というのは、大変深い。また妙味のある言葉である。こうして講話しているのが遊学であって、遊講と言うてもいい。これは漢民族が作った言葉ですから漢語である。したがって、中国民族・漢民族の歴史から生まれた言葉です。この漢民族というのは、黄河の流域から興った。その前代の殷民族は遊牧民族・狩猟民族です。それが漢民族になってようやく黄河の流域に定着して、農耕生活を営むようになった。

そこで、まず最初に漢民族が困ったのは、黄河の氾濫である。つまり黄河の水処理に非常に苦しんだ。だから漢民族の始まりは、ほとんど黄河の治水の記録と言うていい。それで、いろいろ水と戦ったのだが、何しろあの何千キロという河ですから、紆余曲折して、ある所に治水工事をやると、水はとんでもない所へ転じて、思わざる所に大変な災害を引き起こす。苦情が絶えない。そこで長い間、治水に苦しんで到達した結論は、結局「水に抵抗しない」ということであった。水に抵抗するとその反動がどこへ行くやらわからん。水を無抵抗にする。すなわち水を自由に遊ばせる。これが結論で、そこで水をゆっくりと、無抵抗の状態で自ずからに行かしめ、これを「自適（じてき）」と言うた。適という字は行くという字。思うままに、つまり無抵抗に行く姿を自適という。抵抗がないから自然に落ち着いて、ゆったりと自ずからにして行く。これが「優遊自適（ゆうゆうじてき）」であります。

そこで、「ゆう（游、遊）」という字はサンズイ偏でもシンニュウでもいい。サンズイ偏なら水を表したものだし、シンニュウはその水路を表したもので、黄河の治水工事の結論は、水をして優遊自適せしめるにある。それは、人間でも同じことである。抵抗して戦っていくのは、これは苦しい。つまり、自ずからにして思うがままに行けるということは、黄河ならぬ人間にも非常に楽しいことで、それが極致であります。そこで学問もそういうやり方を遊学という。普通の人間の考えている遊学とはだいぶ違う。「学記」の中に「四焉（えん）」という非常にいい格言がある。

「焉（これ）を修め、焉を蔵し、焉に息し、焉に遊ぶ」

つまり学問というものは、これを修（整理）して、それを体の中に蔵（入）して、それを息（呼吸）と同じようにする。そうすると、ゆったりと無理がない、抵抗なしに「焉に遊ぶ」ことになる。これが優遊自適である。それで初めて、古人が遊説（ゆうぜい）とか遊学とか、遊の字をよく使うことがわかる。遊軍というのは、これはちゃんと戦略戦術を立ててやることではなくて、自由自在に変化対応していくこと、遊撃とも言う。さらに、この遊の思想、遊の哲学、遊の芸術、これを遊芸と言う。これらはみな、漢民族が実生活の体験から究めた、非常に味のある、非常に尊い体験から生まれたものであります。『酔古堂剣掃』もそういう意味で、編著者・陸紹珩の長い遊学の記録であります。そういう点をまずよく味わっていただきたい。

先に読みました一つに「一生を枉却するにあらずや」という文句があった。この枉という字は曲げるという字であります。曲げたんでは、木は建築に役に立たん。だから枉却、却は助動詞、添字です。一生を曲げてしまう。つまり一生を無駄にするものではないか。無駄と訳するのが一番いいでしょう。

それからその次に名刺を出して、あっちの勢力家、こっちの実力者と、いろいろ義理や訪問をすることにエネルギーを使うのは、もと生計にあらず。そういうことで裾を曳いて自ら屈する、支配されるということは、本当の人間の交わりでない、と言うのですが、それで思い出すのは、宋（そう）の朱子と同時代、南宋に朱新仲（しゅしんちゅう）（字は翌）という人がありまして、この人が「五計」（五つの計りごと）ということを言うております。

五計というのは、「身計」…身の計りごと、「生計」…生きる計りごと、「家計」…家族の在り方、「老計」…いかに老いるか、そして最後の締めくくり「死計」いかに死ぬるかの五つの計りごとである。「身計」というのは、健康とか肉体ばかりでなく、解釈のしようではずいぶん広くなるが、要するに自分のこの身と体とをどういうふうに生かしていくかである。それについては、生きていかなければならんから「生計」があるが、その暮らしも単なる経済的な暮らしではなく、いろいろ精神的なものまで含まれる。そして、身を立てるから「身計」、家を成すから当然ながら「家計」。ここまでは常識で誰もが考える。

ところが朱新仲先生はその第四番目に「老計」、最後に「死計」というものを挙げておるから、かなり思想の深い人であることがわかる。われわれは嫌でも老いる。経済的に老後をどうするかというようなことは、これはどんな馬鹿でも考える。しかし、いかに歳をとるかということは案外考えない。歳をとるということは重大問題で、五十くらいまではそんなに思わんが、もう六十という声がかかって、ぼつぼつ退職しなければということから痛感し、それに加えていままで気のつかなかった生理上の異変というものがどうしても始まる。そのころになって首をひねったり慌てだして老計に気がつくが、多くは時すでに遅しで、そのままウヤムヤとぼけてしまう。これを「老耄」と言う。そして、誠に他愛もない、つまらない死に方をしてしまう。老・死というのは人生究極の問題で、最も切実で深刻な問題である。朱新仲先生はその最後の二計を「老計」「死計」と言うておる。つまり、我いかに老ゆべきや、我いかに死すべきやということだ。これは言われてみると、非常に切実な深刻な、あるいは痛いことだ。立派に老いるということは、これは非常に難しい。『論語』の中に出てくる蘧伯玉という人がおる。この蘧伯玉は前漢の淮南王・劉安が撰した名著『淮南子』の中で、

「行年五十にして四十九年の非を知る」

と言われている。また、

「行年六十にして六十化す」（『荘子』）

とも言われている。それから先も、七十にして七十化す。八十にして八十化す。生ける限りは化していく。これが本当の生、生き方です。変化する能力、適応する能力がなくなるといわゆる老耄である。生ける限り駸々乎として進化していく。それが本当の人間の生であります。難しいことだが、非常に適切なことで貴重なこと

で、歳をとることは自然だからいくらとってもいいが、歳をとっただけ変化していく。それを突きつめれば「死計」ということになる。人生の問題はここに極まると言うてもいいわけで、立派に歳をとることを成し得れば、尊くまた楽しいことだと思います。

■好煩悩と百忍百耐

貧にして客を亨(もてな)す能(あた)わず。而(しか)も客を好む。老いて世に徇(したが)う能わず。而も世に維(つな)がるるを好む。窮して書を買う能わず。而も奇書を好む。

歳をとるとそれだけ自我ができてくる。見識も趣味も思想・信念、人はそれぞれ、人なり我なりができて、世の中がわかってくるから、どうしても心から世に共鳴する、世間の議論や趣味やらに従うことができない。世間から歳をとって頑固だと言われるようになる。しかしなんと言われても、世俗と妥協することはできない。そんならもう世の中を嫌になって、さっさとご免こうむりたくなるかというと、生きるということは不思議な因縁で、これは無限の情味のあることであるから、そう簡単に世に背く、世を去るというには忍びない。むしろより多く世俗に情が移る。いろいろの興をもよおす。「世に維がるるを好む」のである。「窮して書を買う能わず」、どうも貧乏して本が買えん。にもかかわらず、珍しい書物があると欲しくなる。奇書を好む。こういうことは、人生、読書人、志ある者の誰もがよく共鳴することだ。実にいい一節です。

史を読む、訛字（かじ）に耐うるを要す。正に、山に登る、仄路（そくろ）に耐え、雪を踏む、危橋に耐え、閑居、俗漢に耐え、花を看（み）る、悪酒に耐うるが如くにして、此（ここ）に方（まさ）に力を得ん。

「史を読む、訛字（誤字・誤植など）に耐うる」とはこれも非常におもしろい言葉です。耐えるということについては名高い「四耐」がある。清末（しん）の名宰相・曾国藩（そうこくはん）を非常に尊敬し、敬慕した蔣介石総統はこの「四耐」と「四不」ということをよく言っておった。私もこの格言が好きでよく使います。

四耐とは、「まず冷に耐える」こと。人間の冷やかなること、冷たいことに耐える。それから人間生活にはいろいろ苦しみがあるから「苦に耐える」。いろいろ「煩わしいことに耐える」、そして最後に「閑に耐える」という。「耐冷、耐苦、耐煩、耐閑」の四つの耐であります。このうちで冷と苦と煩は、各人のいろいろの四耐の中にたいてい入っている。しかし、「閑に耐える」ということは、なんでもないことのようで案外できない。人間は昔から暇をもてあますなどと言うが、あまり学芸のない人などは、特にこの閑に弱い。しかし、いろいろと精神生活が豊富になると、人間は逆に閑というものは非常に嬉しくなる。そして、閑に耐えられるようになるには、よほど人物の修行を要します。

人生というものは、このようにいろいろの忍耐がある。「山に登る」、このごろは自動車に乗って富士山の五合目くらいまで行けるようになった。山に登るのに仄路、すなわち平坦（へいたん）な道ではなく、歩くのにおぼつかない路がなくなった。しかし、本道でない危なっかしい道、そういう所に登山の変化に富んだ妙味がある。誰もが通る切り拓かれた本道でない脇道、あまり人の通らない道、これが仄路。山に登るのに、ときには危険でもあるし、あるいは骨が折れる。しかしそういう仄路に耐えていく。

わざと灰路を踏破するところに登山の妙味もある。「雪を踏む、危橋に耐え」、危なっかしい吊り橋、そんなところでヒヤヒヤしながら雪景色を楽しむ。なるほどこれはおもしろい。「閑居、俗漢に耐え」とは人間せっかく閑を楽しんでいるところに、俗物がやってくる、それに耐えることだ。せっかく本を読もうとか、字を書こうとしているところへ、くだらない俗物がやってくる。相手をしなければならん。実際、大変な我慢、大変な忍耐を要する。「花を看る、悪酒に耐うる」、せっかく花を看るんだから、酒もいい酒でありたい。ところがはなはだ悪酒だというと、実にぶち壊しとなるが、我慢を要することだ。しかし、人間は百人百態といって、そういう自分の感情、自分の自由を忍んで、しかるべく対応していくと初めて、世渡り、人生の力もそこでつくのである。こういう文句はいくらでも作ることができる。「閑居、俗漢に耐え」というなら、「賢女、愚夫に耐える」なんていうのもどこかで読んだことがあるが、なるほどと思った。稀(まれ)にある。もっとも「賢夫、愚女に耐える」ということもあるだろうが、それよりも「賢女、愚夫に耐える」というほうが文芸になります。

中江藤樹先生が、あの大野了佐という無類の鈍物を、丹念に精根を傾けて教えられたというのは有名な美談になっておる。書を講じて鈍物に耐えるというのも、読んだことがある。そうするとわれわれの日常生活というものは、いろいろの耐、四耐、五耐、八耐、十耐、考えればいろいろ耐ばかりだ。こういうところで、学を講ずるのも大いに忍耐を要する。とにかく人生は百耐だ。だからこのような名言をたまに読むと、それからそれへといろいろ連想が湧いてきて、これまた一つの読書の楽しみとなります。

体裁如何(いか)ん。出月(しゅつげつ)山に隠(よ)る。情境如何ん。落日嶼(しま)に映ず。気魄(きはく)如何ん。収露(しゅうろ)色を斂(おさ)む。議論如何ん。廻飆(かいひょう)渚(なぎさ)を払う。

体裁の読み方は「テイサイ」でも「タイサイ」でもどちらでもよい。意味は「体裁が悪い」などと言っているように、その有り様だ。ある姿、現れる姿、「体裁如何ん。出月山に隠る」という。「隠る」は普通は「カクル」と読むけれども、ここでは山に「ヨル」と読まなければならん。ちょうど月が出る。月が山に体をもたせておるという意味で、隠れてしまったら、出月ではない。「出月山に隠る」は半ば隠れておるけれども、これは「ヨル」と読む。老子・荘子の「隠机」という言葉がある。これは机に肘をついていること。それと同じように、出月山に隠るである。「情境如何ん。落日嶼に映ず」、実にいい対句です。体裁はどうか。月がまだ山に隠っておる。山から離れきっておらん。この情景の妙味は言うに言えない風情があります。同様に、落日（夕日）が嶼に映ず。瀬戸内海辺りを船で行くとよくこの光景を見たが、なんとも言えない余情がある。「落日嶼に映ず」を人生で言うならば、つまり老境であります。老いて、余命いくばくもないという人の情況を「落日嶼に映ず」と言う。誰もが思わず息をのむ。沈みいく夕日が赤々と実に美しく沈んでいく。海の青い島の木々の繁った、えもいえぬ情景を想像する。人間の老境もまたこうでなければなりません。大変に芸術的な描写であります。

「気魄如何ん。収露色を斂む」と。収露というのは、露がまん丸くなっておること。葉末あるいは花に溜まっている露というものはいいものである。「収露色を斂む」とはいかにも玉のように透き通っておる。在原業平（ありわらのなりひら）の歌に、

白玉か何ぞと人の問ひしとき
露とこたへて消（け）なましものを

という名歌がある。まことに一唱三嘆させられる名歌だが、収露色を斂むというのは、ちょうどこのことであります。

「議論如何ん。廻飆渚を払う」。これも誰しも経験しておることで、廻飆とは荒いつむじ風がヒュッときて海岸で怒濤（どとう）とともにぶつかって舞うこと。渚を払うのである。議論というものはこうありたい。実によく自然と人間とを調和させて活き活きと表現しておる名文句であります。その人の人格がいかに渾厚（こんこう）であるか、重厚であるか、いかに透徹しているかということを連想させる。「議論如何ん。廻飆渚を払う」というような芸当ができるようになったら、これは傑物・傑士であります。

■高邁（こうまい）な簡易生活

地を闢（ひら）くこと数畝（ほ）。屋を築く数楹（えい）。花を挿（さしはさ）みて籬（まがき）を作り、茅（かや）を編みて亭を為（つく）る。一畝を以て竹樹を蔭（しげ）らしめ、一畝は花果を栽（う）え、二畝は瓜菜（かさい）を種（う）う。四壁清曠（せいこう）にして諸（もろもろ）の所有空し。山童を畜（やしな）い、園に灌（そそ）ぎ、草を薙（か）る。二三の胡床（こしょう）を置いて亭下に着け、書硯（しょけん）を挟んで以て孤寂を伴とし、琴奕（きんえき）

を携えて以て良友を遅(ま)つ。凌晨(りょうしん)には策(つえ)を杖(つ)き、薄暮言(ここ)に旋(めぐ)る。此れ亦(また)楽境。

楹は柱。胡床は床几(しょうぎ)、椅子の類、凌晨は明け方のことです。これは大変に贅沢なように読めるけれども、考えれば田園生活とはこの通りであります。だから、どんな簡素な山住まい、田園生活でも、これを少しく思想と文筆をもって描写するとこうなるので、言われてみると、田園の生活とはいかにも楽しまれる。やっぱり教養がないと、人間は自然の生活、田園の生活、山水の生活さえできない。どうしてもゴミゴミした都会へ出てくる。この『酔古堂剣掃』には全体的に自然・田園・山水と人物を非常に活写し、活き活きと映しておるような文章を主として集められております。

「地を闢くこと数畝。屋を築く数楹」というのですから、楹はほんの数えられるだけの柱で小さな庵(いおり)である。そこへ花を差し挿んで籬を作る。籬とか垣の中に花を混じえるとか、花の咲く木を混じえておる。道など通っておると籬にちょっと花が咲いておる。薔薇でも何でもいい。四季おりおり籬や垣に花が見えるというのは、なるほど床(ゆか)しい。「茅を編みて亭を為る」、これは昔ならなんでもない素朴な自然生活だが、近代的都市になると、茅の屋根なんていうのはなかなかできない贅沢になってしまった。時代の変化というものです。ここでは要するに、すべてが人間の簡素生活、簡易生活の芸術化ということを言っております。

一方、昔なら、わずかな土地に竹を蔭らせる。人間と竹というものはまた非常に深い関係がある。竹に関する歌だの句だの詩だの、集めたら大変でしょう。いくらあるかわからない。傑作はもとより多く、それは哲学にも文芸にもすべてにわたる。梅でも松でも同じことです。だから人間、生を楽しもうと思ったら、いくらでもすることがある。楽しむことがいくらでもある。生活も何も大変な金をかけて大廈(たいか)・高楼を造らなくても、こういう思想、趣味を持てば、極めて簡素な生活の中に、極めて豊富な、極めて風雅な生活を創造することができる。だから「四壁清曠にして諸の所有空し」となります。

誰もが感ずるだろうと思うが、いいかげんな家に行って、応接間にゴタゴタいろんなものを並べてあるくらい俗なことはない。さすがに床しい人の所へ行くと、ほとんど何も置いてない。ほんの一点か二点、「あっ」と思うようなものがあるくらいで、俗物に限ってゴタゴタとありったけのものを並べておる。卑俗な趣味である。

その意味でも「四壁清曠にして諸の所有空し」は実に味わいがあります。

そこへ「山童を畜い、園に灌ぎ、草を薙る」のである。やっぱりこういうときには、山童でないといかん。私はかつて御殿場に二カ月くらいおったことがある。いまもありありと思い出せるが、御殿場の奥の富士山の山裾に浅間（せんげん）神社があり、その堂守に一人の少年がおった。「ヒョウ」という。どういう字を書いたのか忘れたが、あのへんの農家の子供であった。確か十五、六歳だったろう。これが可哀相に知的障害だった。ロクに口もきけん。しかしなんとも言えない魅力があると言ったらおかしいが、人間というのはおもしろい。小利口な奴なんかの持たない、知的障害であるだけに、あるいは知的障害の妙味というのか、そういうのを持った少年である。それだから、教養のない親父まで自分の子なのに「この馬鹿、この馬鹿」と言って、「手伝いさせてもろくろく役に立たん」とすぐに苛（いじ）める。叱られると馬鹿でも悲しいのであろう。畑に飛んでいって、何かゴソゴソやっておると、富士山麓ですから非常に小鳥が多い。日本でも富士山麓の森林は一番小鳥の種類の多い所です。いろいろの鳥が鳴く。するとこのお馬鹿さんは、元来無心だから、思わず鳥の声に聞きほれる。そして悲しいことを忘れる。聞きほれて無心であるからかえって鳥に近いのか、やがて鳥の鳴き声を真似る。真似ると鳥そのものになる。鳥が寄ってくる。そこで鳥寄せの名人ということになり、名物少年になってしまった。昭和の初めのころだったから、富士山に登るにはみんな御殿場口から登り、まずその山麓辺りで一泊するのが多かった。

そうすると、鳥寄せの名人というので大変に有名になったその少年を呼んで、鳥の鳴き声を真似させて、楽しむお客も出てきて、えらい収入があるようになった。そうすると今度はその親父は「うちのヒョウは鳥寄せの名人で、たいした奴じゃ」というようなことを言うて、子供を大事にするようになった。その「ヒョウ」は暇になると浅間神社の掃除なんかをやっておったのです。

誠に愛すべき少年に招かれて、私もふた夏御殿場で暮らしたことがある。二度三度その少年の鳥寄せを見にいったり聞いたりしているうちに、仲良しになってしまった。ヒョウもだいぶ通ずるところがあるとみえて、二人は大いに意気肝胆というほどじゃないが、相通ずるようになった。どうかすると、私の所へ飄然(ひょうぜん)とやってくる。私も彼を呼び込んで、茶を飲ませたり、菓子をやったりして、話をしていると、けっこう禅問答をしてるような妙味がありました。

あるときに、何か本を読んで考えごとをしているところへ、飄然とやってきたが、私は気がつかない。なんか人の気配がするんで見たらヒョウが立っておる。「先生」と言うから、私がとっさに「何か用か」とヒョウを見ずに言ってしまった。本当に心ないことを言うたと思う。思わずそんな言葉が口に出た。そしたら彼はモゾモゾモゾモゾして、ヒョイと後ろを向いて走るようにして行ってしまった。あいつ妙な奴だと思ったが、ふと気がついてみると、私が悪かった。そういう馬鹿だから純で自然なのであって、何かしら会いたくなるとやってくるんだ。だから「何か用か」なんて聞くのは、これくらい無情というか、心ない言葉はない。ヒョウは悲しかったろう。くるっと後ろを向いてそのままスタコラ行ってしまった。心ないことをしたと大いに反省したことがある。そういうふうに、人間というものは妙性・妙味を発揮する。決して人間は自暴自棄することはない。それをヒョウ少年によって大いに学んだことがある。これは余談でありますけれど、こういうことが本当の人間の学問であります。

「山童を畜い」、気の利いた小利口な山童じゃなくていい。そういう少年は山童じゃなく子童という。ここでは子童では駄目で山童だ。「山童を畜い、園に灌ぎ、草を薙る」「二三の胡床を置いて亭下に着け、書硯を挟んで以て孤寂を伴とし」と。書硯を挟むというのだから、少しは字も書け、詩や歌くらい作れなければいかん。書硯を挟んで以て孤寂を伴とし、「琴奕」は琴と将棋盤・碁盤であって、それを「携えて以て良友を遅つ」。この「遅」という字は「マツ」と読む。待つという言葉に「遅い」という文字を当てはめるなども心憎い仕業だ。待つ身の辛さと言って、待つというものくらい遅いなと思うことはない。だからこの字を当てはめる。古人は考えたものだ。そして「凌晨には策を杖き、薄暮言に旋る。此れ亦楽境」とくる。人生の楽境というものは、創造すべきものであります。志・情操・趣味・英知というものがあれば、どんな所にでも楽境を作ることができるのであります。

屋数間あり。田数畝あり。盆を用って池となし、甕を以て牖と為す。牆は肩よりも高く、屋は斗よりも大なり。布被の煖なる余、藜羹飽ける後、気・胸中より生じて、宇宙に充塞す。筆・人間に落ち、瓊玖を輝映す。人能く止まるを知って以て退くを茂と為す。我れ自ら出でず、何の退か之れ有らん。心に妄想なく、足に妄走なく、人に妄交なく、物に妄受なし。

炎々之を論じ、其の陋に処るに甘んず。綽々として之を言い、其の右に出ずるなし。羲軒の書未だ嘗て手を去らず。堯舜の談未だ嘗て口に虚しからず。中和の天を断じ、楽易の友に同ず。自在の詩を吟じ、歓喜の酒を飲む。百年の昇平、不偶と為さず。七十の康強、不寿と為さず。

「布被」は木綿の布団とあかざの羹、つまり粗末な生活のこと。「羲軒」は伏羲と軒轅のことで、共に上古の理想的帝王の書物であります。『酔古堂剣掃』はおよそ五十種類くらいの書物の読書録です。その中には『史記』もあれば『漢書』もある。いろいろな古人の詩集・文集などがあって、少し時間があれば、これは『史記』のどこ、誰それの文集のどこと出典を探せるのですが、それこそ大変な時間がかかるし、またそんなことをする余裕もない。どれもこれも非常にいい材料であります。「屋数間あり。田数畝あり。盆を用って池となし、甕を以て牖と為す」と言うのだから、なんでも利用の道はある。「牆は肩よりも高く、屋は斗よりも大なり。布被の煖なる余、藜羹（あかざの吸い物）飽ける後」という簡易生活の中で、「気・胸中より生じて、宇宙に充塞す」と今度は一転して大きく出た。「筆・人間に落ち、瓊玖を輝暎す」と。なるほど大きく出ればこの通り。大きく深呼吸し、いろいろと道楽に殴り書きもやる。まるで天上の人、仙人が人間世界へ降りてきて、その文、その筆ことごとく珠玉だという意味である。大変な自慢というか、礼賛というか、思い切った、それこそ奇想天外を領するような文句である。

「人能く止まるを知って以て退くを茂と為す。我れ自ら出でず、何の退か之れ有らん」、自分はやむを得ないで世の中に出るんだ。元来、自然なんだ。自分は出るとか引くとか茂るとか枯れるとか、そんな世の中のことには、制約されない。自分から出るんじゃない。人が引き出したんだ。だからなんの退があるだろうか。「心に妄想なく、足に妄走なく」は心にそんな妄想なんか持っておらん。だから足も妄走しない。いろんな利欲権勢のためにあっちに走ったり、こっちに走ったり、そんなことは自分の生活にはない。同様に人と妄りなる交際、くだらない人間と無意味な交際はしない。したがって「物に妄受なし」、妄りに受けるということはない。必要あれば「炎々之を論じ」、さかんな議論もする。が、「其の陋に処るに甘んず」である。陋処に平気で甘んじて、出世するの、どうのこうのなんてことは考えておらん。だから自由自在だ。「綽々として之を言い、其の右に出ずるなし」である。言論、論ずるとなれば、その右に出る者はいない。自信がある。

「義軒の書未だ嘗て手を去らず。尭舜の談未だ嘗て口に虚しからず。中和の天を断じ、楽易の友に同ず」と言う。天地自然というものは中和だ。「中」はどこまでも変化進歩してやまないこと。しかもその中に万物の調和がある。これが中和。「中和の天を断じ」というのは自然の妙理を語ることである。そして、「楽易の友に同ず」、道を楽しむ。自由自在に興に応じ、歳とともに自由自在に変化していく。これが楽易の友である。「自在の詩を吟じ」、何も窮屈な拘束を受けず、自分のありのまま、思うがままに詩を吟じ、「歓喜の酒を飲む」。苦しい酒を飲むんじゃない。歓喜の酒を飲む。喜びの酒を飲む。

「百年の昇平、不偶と為さず。七十の康強、不寿と為さず」、世の中は幸いにして、長く平和が続いておる。歳もすでに七十になったがはなはだ健康であるから「不寿」、長生きだとも思わないし、短命とも思わない。まさに、自由な高邁な老境の自画自賛だ。心憎いような文章であります。

第二章——風雅の至極

■山居・幽居の楽しみ

門内径有り。径曲れるを欲す。径転じて屏有り。屏小なるを欲す。屏進みて堦有り。堦平らかなるを欲す。堦畔花有り。花鮮なるを欲す。花外墻有り。墻低きを欲す。墻内松有り。松古きを欲す。松底石有り。石怪なるを欲す。石前亭有り。亭朴なるを欲す。亭後竹有り。竹疎なるを欲す。竹尽きて室有り。室幽なるを欲す。室旁路有り。路分るるを欲す。路合して橋有り。橋危きを欲す。橋辺樹有り。樹高きを欲す。樹蔭草有り。草青きを欲す。草の上渠有り。渠細きを欲す。渠引いて泉有り。泉瀑を欲す。泉去りて山有り。山深きを欲す。山下屋有り。屋方なるを欲す。屋角に圃有り。圃寛きを欲す。圃中鶴有り。鶴舞うを欲す。鶴・客有るを報ず。客俗ならざるを欲す。客至れば酒有り。酒は却けざるを欲す。酒行りて酔う有り。酔えば帰らざるを欲す。

門を入ると小径がある。「径曲れるを欲す」る。真っ直ぐではおもしろくない。曲がってなければいかん。径が転ずると屏がある。その屏も高い屏だとおもしろくない。虚しく人を遮るから「屏小なるを欲す」のである。小さい柴折戸かなんか、とにかく小なるが良い。そこから進んでいくと「堦有り」、階段がある。「堦平らかなるを欲す」、むやみに高かったり危なっかしかったりするのではいかん。その階段の畔に花がある。そこに雑物が置いてあるのではいかん。花がある。その花も鮮やかなのがいい。花の近所には低い墻があって、墻の中に松がある。「松古きを欲す」、松はやっぱり古松がいい。松の下に石がある。「石怪なるを欲す」、石もこういう場合の怪は非常に趣がある、尋常でない、いわゆる怪石である。

石の前には亭がある。それも、極めて素朴自然で、手が込んでいない。贅沢なものでない。自然の素朴な休み場所、そういうあずま家が欲しい。その亭の後ろに竹がある。それも密植してあってはおもしろくない。「竹疎なるを欲す」、これを疎竹という。何本かバラバラあって勘定していくと、ちょうど数が尽きた所に部屋がある。「室幽なるを欲す」、部屋はあまり明るいと良くない。木蔭、樹蔭の亭であるから、いくらか暗いと言うては悪いから幽である。幽は暗い、静か、奥深い、いろいろの意味がある。日本ではこれに「ゆかしい」という意味を当てはめる。「室幽なるを欲す」、あまりゴタゴタと贅沢なものを並べてあってはいけない。いかにも奥ゆかしい。

室の傍らに路がある。「路分るるを欲す」、一本路ではいかんので、路が二股(ふたまた)か何かになっとらんといかん。「路合して橋有り。橋危きを欲す」、その橋のほとりに樹がある。これは高くありたい。その樹蔭に草があって、「草青きを欲す」。その草のほとりに渠がある。「渠細きを欲す」、せせらぎが流れている。せせらぎの音というのは夜、床につくと本当に枕のほとりに聞こえてくる。せせらぎの響きというものは実にいい。赤ん坊が子守歌を聞いて眠るような、そういう気がする。「渠引いて泉有り。泉瀑を欲す」、泉は瀑のようにありたいものです。

その泉から、少し行くと山がある。山はなるべく深山であるがいい。「山下屋有り。屋方なるを欲す」、山下の屋はきちんと正しくありたい。その屋角に畑がある、田圃がある。これは「寛きを欲す」。そして続けて「圃中鶴有り。鶴舞うを欲す」ときた。これはだいぶ贅沢だ。「鶴・客有るを報ず」、鶴に限らん。家禽(かきん)、よくあるのはオウムですが、客あることをよく報ずる。鶏でも自然に飼ってる鶏は、客が来ると声を立てるからすぐにわかる。だから、鳥・客あるを報ずでもいい。鶏でも犬でもいいけれど、やっぱり鶴の風情にはかなわない。その「客俗ならざるを欲す」、これは痛い。ビシッときた。くだらん奴が来ちゃうよりも、先の話のヒョウのような少年ならまだいい。

「客至れば酒有り」、これはありがたいことで「酒は却けざるを欲す」である。いや私は飲めませんなんて奴は話にならん。「酒行りて酔う有り」、そのうちに酒がめぐって酔わなくちゃいかん。「酔えば帰らざるを欲す」というのは、これはちょっと深刻だ。よほどいい友達でなければそうはいかん。たいていはもう早く帰らんかなという。これも実にいい描写です。読んでいると嬉しくなる。「酔えば帰らざるを欲す」なんていう客になれれば、たいしたものだ。もういいかげんに帰らんか、なんて言いながら飲んでいるなら、飲まんほうがいい。実に嬉しくなるような描写であります。

　何気なく読むと豪奢（ごうしゃ）だが、よくよく読むと非常に素朴・自然・簡素である。これはちょっと心掛ければ、都会の人にはどうにもならんが、山林に生活をしている者にはなんでもないことで、いかにも生活の芸術化の例として興味津々たるおもしろい文章であります。次もまた風流です。

長松怪石墟落を去ること一二十里を下らず。鳥径崖に縁り、水を草莽の間に渉ること数回、左右両三家相望み、鶏犬の声相聞え、竹籬草舎、其の間に燕処し、蘭菊之に芸え、水に臨みて時に桃梅を種う。霜月春風、日に自ら余思あり。児童婢僕、皆布衣短褐、以て薪水を給し、村酒を醸して之を飲む。案に詩書・荘周・大玄・楚辞・黄庭・陰符・楞厳・円覚数十巻あるのみ。藜を杖つき、屐を躡みて窮谷大川を往来し、流水を聴き、激湍を看、澄潭に鑒み、危橋を歩み、茂樹に坐し、幽壑を探り、高峰に升る、亦楽しからずや。

＊詩書・荘周・大玄・楚辞・黄庭・陰符・楞厳・円覚――詩書は『詩経』と『書経』。荘周は『荘子』の著者、ここでは『荘子』のこと。大玄は楊雄の『大玄経』。楚辞は屈原らの詞賦集。黄庭は道家の経典、黄庭経。陰符は黄帝の撰と称する『陰符経』。楞厳・円覚は共に仏典。

まさに山居の楽しみといった快感がある。「長松怪石墟落」の墟落というのは荒れた寂しい村里です。「長松怪石墟落を去ること一二十里に下らず」、日本の里数にすれば十町か二十町でしょう。「鳥径崖に縁り」とは、鳥の通る道、いかにも細い道で崖に縁り、草の繁ったそこをちょろちょろと水が流れておる。そういう水を草莽の間に渉ること数回、左右両三家が相望み、鶏や犬の鳴き声が聞こえる。「竹籬草舎」とは竹の垣、草の庵。「其の間に燕処し」、燕は安らかにいかにも平和に暮らしているさま。蘭や菊をここに植えて、水に臨んでときに桃や梅を種える。「霜月春風、日に自ら余思あり」、いくら考えても尽きない思想がある。

「児童婢僕、皆布衣短褐、以て薪水を給し、村酒を醸して之を飲む」、昔の自然生活がよく描写されております。「案」は机、そこには「詩書・荘周・大玄・楚辞・黄庭・陰符・楞厳・円覚数十巻あるのみ」で、「藜を杖つき、屐を躡み」とは下駄履きで、「窮谷大川を往来し、流水を聴き、激湍を看、澄潭に鑒み、危橋を歩み、茂樹に坐し、幽壑を探り、高峰に升る、亦楽しからずや」、という。これは山の好きな人、山水の好きな人なら誰もが無条件に共鳴を禁じ得ないところであります。

山居、四法有り、樹に行次なく、石に位置なく、屋に宏肆なく、心に機事なし。

山住まいというものに四つの法則がある。「樹に行次なく」、つまり木を人為的に並べて植えるというような、いわゆる植木ではない。「行次なく」は順序・次第がなく自然に生えておるということ。同様に「石に位置なく」、石は庭師が首をひねって置いたようなそんな配列ではない。「屋に宏肆なく」、肆はほしいまま、宏は広であるから、馬鹿に広い大きな家、そんな大きな座敷だの廊下なぞない、つまり簡素な家です。

そこでこういう簡単な句で文章をつくるとき、転結といって、転句と結句が一番難しい。ここまではごく自然だ。そこでどう結ぶか、それによって全体の文章の生命・価値というものが決まる。ここでは、「心に機事なし」と結んでいる。さすがにいい結び方だ。それまでは生活の景色であったが、結びには人間にかえって「心に機事なし」である。機事の機とは「はたらく」という字であり、また投機の機で、あるとき、あることをとらえてそれをものにする。自分の思っておること、自分の狙っていること、そういうことに役立てる。これがいわゆる機事であります。世俗のことに、何かの折、何かのことをとらえてすぐそれを生活のために活用する。しかし、心にはそういう機事はない、と淡々としていかにも自由であり、いかにも静寂である。なんらとらわれるところがない。これが山居の四つの法則であります。山居だけれど、われわれの住居、あるいは心の置き方、心居、すべてに参考になります。

野築郊居、綽として規則有り。茅亭草舎、棘垣竹籬、構列方無く、淡宕画の如し。花紅白を間え、樹行款無し。徜徉洒落、何ぞ仙居に異ならんや。

「野築郊居」とは林野の中に家を建て、そして村里の中に生活すること。「綽」は余裕綽々の綽。ゆったりとして自由であるが、その中にはやはり規則がある。「茅亭」は茅葺きの亭、草葺きの家、棘の垣、竹の間垣、「構列方無く」、きちんと庭師が造ったというものでない。自由で淡宕、あっさりと大造りである。こせこせといろんな構えをしておらん。「淡宕画の如し。花紅白を間え、樹行款無し」である。

「款」というのは元来「まこと」という字だが、この場合、なんと解釈するか。「款々として飛ぶ」（杜甫「曲江」）「款」の意は「緩やか」だが、「款無し」だから、ここでは条目・小分けがないという意味だろう。つまり「樹行款無し」というのは木の配列が自由で、そう手が入っておらんことだ。その間を「徜徉洒落」、ゆったりと散歩する。彷徨（さまよ）う。洒々落々でなんのとらわれもない自由な生活、これは「何ぞ仙居に異ならんや」であります。こういう自覚と教養があれば、いかなる山住まいでもできるのであります。

ところで、この「款」の字にはまた「叩（たた）く」という意味がある。「款門」という。またあまり教養がない、知識がないという言葉として、この款の字と拝啓の啓の字を書いて「款啓」という。小さい穴（款）を開く（啓）ことから、あまり書を読んでおらん、知識がないという意味になります。

蘇東坡（そとうば）の詩の中に、

「款啓、孫休（そんきゅう）の如し」

とありますが、孫休という人物は何も学問がないが、非常に好人物である。こういう人は田舎に多くいる。これは愛すべきもので、人間は無知でも非常にいい人物がいる。逆に多知・有知、知識・智恵は非常にあるけれども、かえって嫌な奴がいる。人がよく、しかも知識が豊かであるという者はなかなかいないものであります。

凡(およ)そ静室には須(すべか)らく前に碧梧(へきご)を栽(う)え、後に翠竹(すいちく)を種(う)え、前檐(ぜんえん)放歩すべし。北は暗牕(あんそう)を用い、春冬は之を閉じて以て風雨を避け、夏秋(かしゅう)は開きて以て涼爽(りょうそう)を通ずべし。然(しか)れども碧梧の趣(おもむき)、春冬葉(とうよう)を落せば以て負暄(ふけん)融和の楽(たのしみ)を舒(の)べ、夏秋蔭(かげ)を交(まじ)うれば以て炎鑠蒸烈(えんしゃくじょうれつ)の威を蔽(おお)い、四時宜(よろ)しきを得(う)。此れより勝ると為(な)すは莫(な)し。

静かなる部屋の前には碧梧、あおぎりを栽え、後には翠竹を種える。「前檐」は前の縁先、そこをのんびりと歩く。私の家には奥座敷の後ろに碧梧がかなり大木に育っている。秋涼しくなって、夜など戸を開けて本でも読んでいると、時々パシャッと音がする。誰か来たのかなと思うと葉が落ちる音、なかなか趣がある音なのだ。夏は葉が繁って大変涼しいし、昔の人は碧梧、碧梧といって「あおぎり」を愛していたが、時々、なるほどと思うことがある。竹はもちろんたくさん植えてある。後ろに翠竹を種え、前檐を自由に歩く。北は暗牕、小さい暗い窓を用いる。冬は寒い北風が入るから、ほんの明かり取りにすぎない暗牕を用いる。「夏秋は開きて以て涼爽を通ずべし」である。「然れども碧梧の趣、春冬葉を落せば以て負喧融和の楽を舒べ」るのである。「負喧」は日向ぼっこのこと。「夏秋蔭を交うれば以て炎鑠蒸烈の威を蔽い」、つまり炎暑と蒸すような激しい暑さを遮り、「四時宜しきを得。此れより勝ると為すは莫し」なのであります。

■足るを知る虚無感

居処は我が生を寄す。但だ其の地を得んのみ。高広に在らず。衣服は吾が体を被う。但だ其の時に順うのみ。紈綺に在らず。飲食は吾が腹を充す。但だ其の可に適するのみ。膏梁に在らず。讌楽は吾が好を修む。但だ其の誠を致すのみ。浮靡に在らず。

「居処は我が生を寄す」、住居する所は自分の生活・生命をちょっと預けておく所であるから、ただ良い土地でさえあれば足りるのであって、敢えて高い広い土地など必要としない。「衣服は吾が体を被う」、その時に順うのみで紈綺にあるものではない。贅沢な絹だとか美服というような、そんなものではない。時に順うのみである。「飲食は吾が腹を充す」、飲食もうまい肉や美味しい御飯といった贅沢なものでなくていい。「讌楽は吾が好を修む。但だ其の誠を致すのみ」、人を招いて一緒に食事をしたり、楽しむというのは友好を修め、その誠を致すのみで、浮いた宴会とか、流行りに従うて軽薄なことをやるものではありません。

「人生、寄の如きのみ」（魏・文帝「善哉行」）という文句は詩などによく使われ、東洋・和漢を通ずる人生観の一つとして知られた文句である。こういう一種の無常観の中からまた自由で豊かないろいろのものが生まれる。無から限りない有を生じる。そこにいわゆる虚とか無とかいう、老荘や禅の人生観というものが、歌われたり語られたりしておるのです。

　東洋人、つまり日本人でも中国人でも心ある人々、民衆が敬慕するような人の奥深くには虚無的な人生観があります。最近、しきりに宰相論というものが話題になり、いろいろな会合で話が弾んでいるが、古来の名宰相と言われたような人を深く観察してみると、共通して良い意味の無常観がある。良い意味の虚無観を持っています。

例えば、宰相になって得意になるような人、宰相になって非常に派手にやるというような人は、名宰相の中には入らぬ。東洋古今のこの宰相学というものを学んでみると、そういう宰相はだめだ、落第である。本当の宰相は共通して、宰相たることに淡々としておる。満足とか得意とか、いわんや誇りとか名誉とかそういう主観を持っておらん。極めて自然であって、そして余裕があり、どこか一抹（いちまつ）の寂しさを持っている。難しく言えば、虚無的なものがある。満足とか得意といったことを意識しない。東洋人の本能というのだろうか、多くの人々は本能でそういう宰相に共鳴する。事実、とにもかくにも、民衆・国民を引きつけた宰相を立ち入って調べてみると、それはたしかに共通の特徴と言っていい。

日本の近代で言えば、明治維新を成し遂げた西郷南洲が最も代表的な人でしょう。西郷という人は、名誉だとか地位だとか権勢だとか、そういうものを誇るということが一つもなかった。淡々として、どうかすると、非常に虚無的であった。こういう人こそ真実の人、真人であります。地位だの名誉だの権力だの、そういう位階・

声望というものはこれは世の中の事実だから、私もそのまま肯定するけれど、それに対しては、淡々としてなんらの私心を持たない。廟堂（びょうどう）に立っても、村巷におっても平常である。いつも変わらない。こういうのが東洋・和漢を通ずる真人の境地であって、そういう人の典型が宰相にふさわしい人物である。これは東洋の政治哲学の一つであります。

　現代の日本の政治家とか経営者はその地位に就くと、嬉々（きき）として嬉（うれ）しがる、幅を利かす、得意になる。それで大臣や社長を辞めるときには、むやみに執着する、未練を残す、苦悩する。しかし、これは東洋の宰相、リーダーたる資質じゃない。淡々として、水のごとしというところがあって初めて東洋人の好む、仰望する人、宰相であります。西郷さんなどは生活も自然で簡素である。だいたい豪邸を造るなんていうのは本当の宰相の器量じゃない。あれは成り上がり者のやることだ。だから、田中角栄（講話当時の首相）さんが宰相学を学んでいたら、これは偉くなったと思う。国民の大人気になる人だった。惜しいかな、彼はそういう学問をやりませんでした。

　そこへいくと明治の人は偉かった。私は感心したんだが、伊藤博文などは、本来は成り上がり者です。長州藩のまったくの小物から出世した人物で、高杉晋作や久坂玄瑞などは「俊輔、俊輔」と呼び付けて手先に使い、あまり期待しておらなかった。彼らから言うなら、駆け出しの人物だったのですが、それでも明治の時代にはあのような大宰相になった。表面的にはたしかに贅沢な人であった。世間はどんなにか財産を残しておるだろうと言うておったのだが、死んでみたら何もなかった。財産らしい財産というものは、大磯の別荘、有名な滄浪閣だけだったが、それも彼が造ったのではなく、誰かが献上したものである。伊藤さんが亡くなったら跡取りには何も残らなかった。すっかり貧乏してしまって、ずいぶん生活に困った。それくらいあの派手な伊藤さんは資産を持たなかった。持たなくたってあれだけ贅沢に暮らせれば、それはそれでいい。死んで贅沢する必要はないのだからそれでいい。子供は迷惑かも知れんが、子供は子供でやるがいい。

「子孫自ずから子孫の計あり」

という格言もある。達人から言えば、倅は倅でやるがいい。やれんような倅じゃ仕方がない。そこまで伊藤さんなんて達観しておったんでしょう。子孫の計なんかほとんどやってない。西郷さんはもとよりです。

近代で、私が感心したのは、山形の上山（かみのやま）市のすぐ近所に赤湯（あかゆ）（現在の南陽市）という所があって、そこから出た結城豊太郎さんである。この人は戦前に日本銀行の総裁やら大蔵大臣などを歴任した財界の巨頭でした。しかし非常に教養のある人で、謹厳でなかなか気難しい人であった。どういうわけか、私とは非常に親しくて、亡くなったときに藤山愛一郎さん（結城豊太郎の娘婿）が遺言書を持って私を訪ねてきて、「おやじの遺言状に、墓と詩碑を建てるときは、ぜひとも安岡先生に書いてもらってくれと書いてあるのでお願いします」

と言われたことがある。知己の間柄であったから、墓碑と詩碑とを私が書いて、今日でも建っておるが、その結城さんの生誕百年の記念祭を郷里で行った。私はたまたま参れなかったが、後日、山形へ行ったついでにその土地の人に聞きますと、結城さんは財界の巨頭であり、大蔵大臣もやった人だから、さぞかし財産を遺しているだろうと、言わず語らず非常に興味を持っておったところ、実は何もなかったということだ。東京の自分の家屋敷、郷里の生家の家屋敷くらいなもので何もない。財産も、金もほとんどないと言っていいくらいで、税務署の役人が来て、ずいぶん意地悪く探したそうだけれど本当になかった。それで税務署の人間まで、やっぱり

「結城さんというのは偉い人なんだな」と言って感心したそうです。

明治の元勲で最も汚いと言われた人で井上馨（かおる）がいた。だからこの人が亡くなったときには、ずいぶん持っておるだろうと財産整理委員が大変意地の悪い興味もあって調べた。その一人が私に話してくれた。中島久万吉（くまきち）さんといって、当時、伊藤公や西園寺公望さんなどの秘書官をした人で、中島さんも非常な興味を持って井上さんの財産の整理をやったら、案外何もない。意地悪く調べたけれどたいしてなかったそうで、いまさらのごとく感心したと言ったことがある。だいたい明治の人物はそういうふうに恬淡（てんたん）たるものでした。ところが昭和、特に戦後はいかん。戦後はもうとんでもない贅沢になってしまって、リーダーたちは資産をつくることばかり考えている。その代表が田中角栄さんである。あの人は大変に苦労して育った人だから、人の苦労も貧乏もよくわかるのだから、成功したあの才で、思い切って財を散ずれば良かった。しかも散ずるなら代議士に選挙資金をやるようなそんな散じ方ではだめで、国民のために財を散じ、死んだら何もなかったというくらいだったら、あの人は戦後の大宰相になったろうと思います。

だからやはり人間は学問である。学問もこのごろのような知識・技術はだめですが、本当の道の学問、徳の学問というものをやらなければいかん。偉くなればなるほどやらなければならん。名士になるほどやらなければならん。ところが心掛けが悪いと、名士になるに従って忙しくなる。学問なんかしている暇がないと言う。それがもうすでに間違いである。名士になるに従って、「名」の字は「迷」という迷士になるからいろいろ失敗をやる。やはり人間はできるだけ無名であらねばなりません。無名にして有力になるのが本筋です。無名有力になるのが人間成功の秘訣であります。たいていの人間は有名になろうと求めて、次第に「有迷」になる。名士が迷える「迷士」になってしまう。いろいろの弊害はここから起こってくる。こういうことを明らかにするのが、徳の学問であり、道の学問である。その点において、古人の残してくれた学問というのは非常に尊いものだ。ありがたいものであります。

■野人・別天地の楽しみ

枕を邱中に高くし、名を世外に逃れ、耕稼して以て王税を輸し、采樵して以て親の顔を奉じ、新穀既に升り、田家大いに洽い、肥羜煮て以て神

に享し、枯魚燔きて而して友を召び、簑笠戸に在り、桔槹空しく懸る。濁醪相命じ、缶を撃ちて長歌す。野人の楽しみ足れり。

「枕を邱中に高くし」とは官途に就かず、民間にあって枕を高くして眠ること。名を世の外に隠して、田畑を耕して租税を納める。草を採り木を伐り、「以て親の顔を奉じ」、親を喜ばせる。「新穀既に升り、田家大いに洽い」、太った小羊を煮て神に捧げ、自分は干物を焼いて友を招き、蓑笠は戸に懸ってあり、「桔槹」ははねつるべのこと、それが空しく懸っている。「濁醪相命じ」、どぶろくを取り寄せて、缶（酒を入れる素焼きの土器）を撃って長歌する。「野人の楽しみ足れり」。読むだけでも気持ちがいい。田園の生活、山野の悠々として自在な生活が、よく短い文章の中に躍動しておる。その次の問答がまた非常におもしろい。

客、草堂を過って問う、何の感慨あって而ち栖遁に甘んずと。余、対えに倦み、但だ古句を拍り答えて曰く、間を得、多事の外。足るを知る、少年の中と。問う、是れ何の功課ぞと。曰く、花を植えて春雪を掃い、

録を看(み)て夜香を焚(た)くと。問う、是れ何の利養ぞと。曰く、硯田悪歳(けんでんあくさい)無く、酒国長春有りと。問う、是れ何の還往ぞと。曰く、客有り、来(きた)って相訪(と)う。名を通ず是れ伏羲(ふっき)と。

「草堂を過って」の「過」は立ち寄るという意味。そして問う「何の感慨あって而ち栖遯に甘んずと」。栖は住む、遯は逃れる。都・町の喧騒、騒がしい雑踏を嫌って静かな所へ逃げ込んでしまうことが栖遯で、なんの感慨あってその栖遯に甘んずるのですかと、わざわざ立ち寄って尋ねてくる者がいます。

「余、対えに倦み」、ああまたか、とうんざりする。そこでつべこべ言うのが面倒であるから、ただ古句をとって答えて曰く、「間を得、多事の外。足るを知る、少年の中」と、この対句(ついく)をニヤリと笑いながら示したんだろうか。「間を得、多事の外」はいい対句ですが、多忙の中に閑暇を味わうということである。間をつくることがいわゆる得間。多事と間とがいい対になる。両方が生きる。対聯の妙というやつであります。相反するものを並べることによって、両方をいっそうはっきりさせる。またそこに一句だけでは味わえない妙味が出る。そのために漢学では対句とか連句とか対聯というものが非常に発達しておる。「足るを知る、少年の中」は、若いうちに足るを知る。若いうちは野心が多くてガサガサするものだが、もう早いうち、少年のうちから、足ることを知ると答えたのです。

するとと客がまた問う。「是れ何の功課ぞと」、多事の外とか言うが、その多事とはいったいどういう仕事かと。功はいろいろの工夫、いろいろの仕事です。それを毎日の予定におくことが課、つまり「功課」だ。その間を得るとか多事とか、足るを知る仕事とはどういうものですかと質問する。「曰く、花を植えて春雪を掃い」、花の栽培をやって好きな花を咲かせる。しかし、冬は雪が積もり、春の花に邪魔になるから春雪を掃い、花を守ってやらねばならん。「録を看て夜香を焚く」、夜になればいろいろの書録、古人の書物・記録、そういうものを見て、あるいは読んで、好きな香をくゆらせ、そのほのかな香りに包まれて読書をする。これもいい対句です。「花を植えて春雪を掃い、録を看て夜香を焚く」、なかなか多事であります。

しかし客はなかなか煩(うるさ)くて、「是れ何の利養ぞと」。それがどんな効き目があるか、所得があるかと聞く。それに対する答えが「硯田悪歳無く、酒国長春有りと」。硯田は読書・学問のこと。読書すれば自然に記録もするし、随筆も書く、これを硯田という。「悪歳」は不作の年、飢饉の年のこと、硯田には不作・飢饉の年というものがない。とこしえの春である。するとその客は「是れ何の還往ぞ」、こんな所にはどんな者が行き来するのかと問う。そこで答えて言う。「客有り、来って相訪う。名を通ず是れ伏義と」、客も来て、また時によるとこちらからも訪ねる。しかし、その客は名刺を見ると古代の理想的帝王である伏義であると。大きく出たものです。単なるユートピアの観念ではなく、これを歴史において、理想主義の最もゆかしい人物、時代にしてある。理想的な人間がやってくるんだ。お前のような奴が来る所じゃない、という意味が含まれています。

山居城市に勝る、蓋し八徳あり。苛礼を責めず。生客を見ず。酒肉を混ぜず。田産を競わず。炎涼を問かず。曲直を闘がず。文逋を徴せず。士籍を談ぜず。

山野の住まいというものは城市に勝る。都会に勝る。「蓋し八徳あり」、八つの徳がある。「苛礼を責めず」、うるさい礼儀作法やしきたりを責められることがない。

都会生活をしていると、やれ葬式だ、やれ結婚式だ、なんだかんだといろいろ礼儀がある。これに「うるさい」という意味の字をつけて「苛礼」という。「生客を見ず」の生は、まだ修練のできておらん、枯れていないこと。人間世界の練達、修行のできていない生(なま)の客、そういう客は見ない。「酒肉を混ぜず」、酒だの肉だのとゴタゴタしたものを混(まじ)えない。まことに簡素である。「田産を競わず」、いくら取れた、いくら儲(もう)かったと競うことがない。「炎涼を聞かず」、暑いの寒いのということを聞かん。つまり、あいつが成功した、あいつが失敗したなんていうことを聞かない。「曲直を閙がず」とはあいつは曲がっとるとか、あれは真っ直ぐだとか騒がない。このごろはどうも、炎涼・曲直で、人の話を聞く者が多い。「文逋を徴せず」、逋は負(お)うで、文の催促、何日までに書いてもらいたい、何日に弔辞を読んでもらいたい、祝辞を読んでもらいたいなどの話が持ち込まれない。私なんかなんの因果か、始終文逋に悩まされる。「士籍を談ぜず」、人物の籍、政治の世界で言うなら、自民党の何派であるとか、どこに属するとか、そんな話はない。一つひとつごもっともである。山居、隠遁(いんとん)的生活こそ自由の生活というものであるに相違ない。また「間居の五趣」という文章もあります。

間居の趣、快活、五あり。与に交接せず、拝送の礼を免るるは一なり。終日書を観、琴を鼓すべきは二なり。睡起・意に随い、拘碍ある無きは三なり。炎涼囂雑を聞かざるは四なり。能く子に耕読を課するは五なり。

間居にはまことに快い活き活きとした快活が五つある。「与に交接せず、拝送の礼を免るるは一なり」、ともに交際せず、お辞儀をして送るとか迎える礼儀がない。往来がないから出迎え、見送る煩わしさがない。終日書を観たり、琴を奏でて「睡起・意に随い」、眠ければ眠る。起きたければ起きる。意のままである。「拘碍」、何もそこに引っ掛かりがない、妨げがない、自由自在である。「炎涼囂雑を聞かざるは四なり」、暑いの寒いの、やかましいのゴタゴタするの、というようなことを聞かん。そして「能く子に耕読を課するは五なり」、倅に農事の余暇に書を読ませる、耕読を課する。まことに愉快で、かつ活き活きしたことで、これが間居の趣というものだ。こういう生活は、まことに気持ちがいい。うらやましい。

■書斎での修業法

吾が斎の中は虚礼を尚ばず。凡そ此の斎に入れば均しく知己と為し、分に随いて欸留し、形を忘れて笑語し、是非を言わず、営利を侈らず、間かに古今を談じ、静かに山水を玩び、清茶好香、以て幽趣に適す。臭味の交、斯くの如きのみ。

書斎という言葉は大変いい言葉です。斎というのは、清浄、きれいに整える、厳粛といろいろの意味がある。汚れを落とすことを斎すると言う。「潔斎」などと言う。そこに書を置いて書を読む。勉強するので書斎と言う。日本でもこれを早く取り入れて、心ある外国人が感心する言葉の一つとして、「親父は書斎」がある。親父の居る所は書斎と言う。大変深みもありかつ清い厳粛な理想的な意味のある言葉である。女房をなんと言うか。奥方、奥さんと言う。これはちょろちょろ外へ出てこないで、ずっと奥に居るということ、いわゆる奥ゆかしいことを表す。親父はよく勉強する。ピリッとしたところがある。どこか敬虔なところがある。女房は深みがあり、ゆかしいところがある。このごろは本当の意味の「奥さん」がだんだんなくなって、出かけることばかり考える。奥さんの言葉に値しない、適しない婦人が多い。亭主は亭主であまり書斎なんかに入らない。ゴルフとかスポーツとか言って出かけて遊ぶことばかりやっておる。とにかく忙しいというのが現代文明人の特徴の一つであるが、しからばなんでそんなに忙しいのか。問われてみるとおそらく気恥ずかしいでありましょう。

「吾が斎の中は虚礼を尚ばず。凡そ此の斎に入れば均しく知己と為し」、わが書斎の中は、中身のない礼儀作法なんか貴くはない。したがって書斎に入るほどの人間は、お互いに知己、己を知る仲である。人間というものは、案外自分で自分がわからんもので、親しい友に言われて、初めてああ俺がそうであったかと気がつくことが善悪ともにある。そこで本当の親友を知己と言う。己を知る。自分自身を知ってくれる、これが本当の友だ。「此の斎に入れば均しく知己と為し」とは、とにもかくにもこの書斎に入れるほどの者は、招き入れるほどの者は、お互いに知己の仲だ。「分に随いて款留し」、分に従って茶も出す酒も酌む、菓子も勧め丁寧にもてなして気持ち良く引き止める。そして「形を忘れて笑語し」、形骸を忘れて愉快に話し合い、あれがいいの悪いのと是非を言わん。「営利を侈らず」、商売がうまく当たったとか、なんぼ儲かったなんて話はしない。その間に古今を談じ、静かに山水を玩び、いい茶、いい香に心を休め、そして幽趣、奥ゆかしい趣に適す。

「臭味の交、斯くの如きのみ」。日本人の常識では、「臭味」と言うと「くさ味」と嫌なことになるが、古典では、この臭と香とは同じ匂いである。日本的に言うなら、臭味でなくて香味だ。だから「臭味の交」とは、同じ香りや味を好む者同士の交際です。

書室中の修業法は、心間に手懶ければ則ち法帖を観る。其の字を逐うて、放置すべきを以てなり。手間に心懶ければ、則ち迂事を治む。其の作すべく止むべきを以てなり。心手倶に間なれば則ち字を写し詩文を作る。その以て兼済すべきを以てなり。心手倶に懶ければ則ち坐睡す。其の神を強役せざるを以てなり。心甚だ定まらざれば宜しく詩及び雑短の故事を看るべし。其の意を看るに易くして久しきに滞らざるを以てなり。心

閑（しずか）に無事なれば宜しく長篇の文字或は経註、或は史伝、或は古人の文集を看るべし。此れ又甚だ風雨の際及び寒夜に宜し、又曰く手冗（じょう）に心間なれば則ち思い、心冗に手間なれば則ち臥（ふ）し、心手倶に間なれば著作し字を書し、心手倶に冗なれば蚤（はや）く其の事を畢（お）えて以て吾が神を寧（やす）んぜんことを思う。

「心間に手懶ければ則ち法帖を観る」とは、習字をするのに面倒くさいというようなときは、自分で手習いをしないで、手本、法帖をよく観る。手習いには手で書く修業をすればなおいいが、目が肥えるということも非常に大事なことである。「其の字を逐うて、放置すべきを以てなり」、墨をすったり筆をとったりしないで、そういうことは抜きにして、法帖の字を逐うていけばいい。次は「心間」に対して「手間」である。「手間に心懶ければ」、手は空いておるが心が懶い、すなわち気が進まんときには、「迂事を治む」。迂は迂遠の迂でどうでもいいこと。真っ直ぐに行くのではなくて、曲がりくねる。ああでもない、こうでもないと迂事を治める。「其の作すべく止むべきを以てなり」、やってもいいし止めてもいい。「心手倶に間なれば則ち字を写し詩文を作る。その以て兼済すべきを以てなり」、心も手も静かならば字を写したり詩文を作ったり両方ともやってのけることができる。「心手倶に懶ければ則ち坐睡す。其の神を強役せざるを以てなり」、無理に心を働かせないで居眠る。そう心得ての居眠りなら意味があります。

「心甚だ定まらざれば宜しく詩及び雑短の故事を看るべし」、心が甚だ定まらない、落ち着かないときには、詩や簡単な故事を看る。いまに残っておるところの、いろいろな事例を看る。「其の意を看るに易くして」とは、意味がすぐわかる。思索する必要がない。そして「久しきに滞らざるを以てなり」、長い文章・記事ではないから、引っ掛かることがない。停滞することがない。その代わり、「心閑に無事なれば宜しく長篇の文字或は経註、或は史伝、或は古人の文集を看るべし。此れ又甚だ風雨の際及び寒夜に宜し」。それは風雨の、あるいは寒い夜などには非常にいい。「又曰く手冗に心間なれば則ち思い」、手が余って何かやってみたく、心が静かであったならそのときには思索する。「心冗に手間なれば則ち臥し」、心が何かあれこれゴタゴタしておって、手はすいておるときには寝てしまう。「心手倶に間なれば著作し字を書し、心手倶に冗なれば蚤く其の事を畢えて以て吾が神を寧んぜんことを思う」、神すなわち心の深い無意識層、超意識層を寧んぜんことを思うからだ。なかなか細かに立ち入って、思索し吟味しておる。味わうと非常に教えられます。

客に問いて薬方を写す。多病に関するにあらず。門を閉じて野史（やし）を聴く。祇（た）だ間を偸（ぬす）むが為なり。

「客に問いて薬方を写す」、客の中にはなかなか博学、その道に通じておる専門家がある。そういう客に会えば薬方を写す。何にはどういう薬をどの割合で飲めばいいかと薬方を写す。「多病に関するにあらず」、別に自分が多病でそのために尋ねるという意味じゃない。そんなことにかかわらず、平生においてそう心掛けておる。これは非常にいい言葉だ。私は昔から洋方・漢方に知人が多いので、そういう連中に会うと、雑談のついでによく聞いておく。胃が重いときにはどんな薬がいいか。腹をこわしたときにはどういうものがいいか、と始終健康について聴いている。健康だけでなく、自分自身の生活についても、珍しいその方面の人と知り合いになると、いろいろ尋ねて覚えて、あるいは記憶しておきます。

私自身は、元来、いわゆる蒲柳(ほりゅう)の質であった。弱い質である。にもかかわらず、考えてみると、無理な生活をしてきた。例えば中学も五年通って、一里ぐらいの距離を毎日、徒歩通学をやった。体操も運動場でやる決まりきったものでなく、四條(しじょう)畷(なわて)の飯盛山(いいもりやま)古戦場を駆け足で山登りをさせられた。非常に鍛えられ、足が丈夫になった。その代わり、本を読みながら一里の道を歩いたり、ときには本に夢中になって猛牛にぶつかったこともあった。当たり前なら撥(は)ね飛ばされるんだが、牛のほうがびっくりして、なんという奴だという顔して牛が避けたが、無心というものはいいものである。そうでなければ撥ね飛ばされていたに違いありません。

そんな経験をしたものだから、眼を非常に悪くしてしまった。強度の近視眼。しかも眼科医に言わせると質が悪い。ところがどうしたことか、それ以上は悪くならない。いまだに少しも目の不自由を感じない。ことにこのごろはいい歳になって、近視と遠視が平均したものとみえて、眼鏡を外せば、英語やドイツ語の細かいレクラム文庫なんていうものも読める。漢籍の細かい活字本なんかも眼鏡を外せば普通に読める。本当に文字通り蒲柳の質だったけれども、一向病気もしないし、また大酒も飲んだ。いまでもどうかすると、気持ちが良ければ人が心配するくらい飲む。

それもこれも平常の心掛け、素養というものを大事にしてきたおかげだと思う。昆虫が触覚を働かすように、心を働かせて、これはいかんと気がついたら善をとって悪を捨てることを心掛けておれば、人間は病気をしたりぼけたりしないはずだ。私自身の長い体験でしみじみ感じております。

「門を閉じて野史を聴く」、野史とは民間の歴史のことで、正史に対して野史という。読むのを「聴くというのは合わん」と思う人がいるかも知れんが、聴くというのは、何も耳でばかり聴くものでない。心で聴く。そこで聴くという字には「まかす」という意味がある。「まかす」「ゆるす」である。読むと聴くとは同じだ。「祇だ間を偸むが為なり」、ぼんやりして間を逸す、逃してしまうところを「間（暇）を偸む」としたところに文章の妙があります。

■わが風流三昧

山房に一鐘（しょう）を蓄（たくわ）え、毎（つね）に清晨良宵（せいしんりょうしょう）の下に于（おい）て以て歌を節（せっ）す。人をして朝夕心を薫（くん）じ動念和平ならしむ。李禿（りとく）謂（い）う、雑念あれば一撃して遂（つい）に忘る。

愁思あれば一撞して遂に掃うと。知音なる哉。

「山房に一鐘を蓄え、毎に清晨良宵の下に于て」、山住みの家に一鐘を据え、清い朝、爽やかな気持ちのいい夕べ、その一鐘をもって歌を節にする。「人をして朝夕心を薫じ動念和平ならしむ。李禿謂う」、李禿は名前ではなく、いずれ禿げ頭だったんだろう。禿げに特徴のある李某とかいう人だろう。その禿の李が謂う。「雑念あれば一撃して遂に忘る」、いい石の磬には本当にゆかしい音が出る。何か心がモヤモヤしているときは、一撃して遂に忘る。愁思あれば一つ撞いて、遂に掃う。これが知音というものでしょう。

読書は楼に宜し。其の快五あり。剝啄の驚き無きは一の快なり。遠眺すべきは二の快なり。湿気床を浸す無きは三の快なり。木末竹顚、鳥と交語するは四の快なり。雲霧・高簷に宿するは五の快なり。

「読書は楼に宜し」、楼だから高殿である。読書は高殿がいい。「其の快五あり」。

「剝啄の驚き無きは一の快なり」、剝啄というのは鳥のことだ。鳥が木をつついて、それから門を叩くことを剝啄という。したがって、これは訪客がない。閉めてある門を叩く訪客がないし、来てもその音が聞こえない。「遠眺すべきは」、眺めがいい、遥か遠くまでが見渡せる。それが二の快である。「湿気床を浸す無きは三の快なり」、床下の湿気がにじむことがない、ジメジメしないのが三の快。「木末竹顚」は樹の梢、竹の頂、鳥と交語するは四の快なり。木末竹顚には鳥がおって何やらしゃべる、話をする。「雲霧・高簷に宿する」は、雲・霞・靄など、いろいろ高いからそれが及んでくる。よほど高楼でなければいかん。山野にこういう楼を構えて読書をするのはたしかに快に相違ない。今日の都会では高層建築がニョキニョキできたから、さっぱりぶち壊しでありますが……。

小憁偃臥すれば月影牀に到り、或は梧桐に逗留し、或は楊柳に揺乱す。翠華衲を撲ち、神骨倶に仙なり。竹裡より流れ来るに及んで蒼雲より吐出するが如し。

小牕は小窓、小窓の側に偃臥する、横になれば月影が坐に差してくる。あるいはその月影が梧桐の枝葉の間にたゆとうている。あるいは風のまにまにさやいでいる楊柳に連れて、月影も揺乱する。「神骨倶に仙なり」、精神も身体もともにこれが仙というものだろうか。竹の中から月影が流れくるに及んで、蒼雲から月が吐き出されるようだ。情景をなかなか細かに描写しております。

竹外・鶯(うぐいす)を窺(うかが)い、樹外・水を窺い、峰外・雲を窺う。我が有意無意を道(い)い難し。鳥来(きた)って人を窺い、月来って酒を窺い、雪来って書を窺う。却(かえ)って他の有情無情を看(み)る。

大変いい文章であり詩であります。「道い難し」とはなんとも言えない趣のことである。われわれの生活でもできないわけでない。なるほどと思って志せば、こういう経験は決してできないことではありません。

雨を帯び時ありて竹を種(う)え、門を関(とざ)し事無く花を鋤(す)く、間に旧句を删(けず)り、

泉を汲みて幾たびか新茶を試む。

時あっては雨に濡れながらも竹を植える。門を閉ざして何もないという無事なときに花を鋤く。つまり雑草をとって栽培してやる。これは無事に対する有事だ。暇の中にかえって忙である。その間に、あるいは静かに旧句を刪り、時々昔作った詩の句を添削してみる。泉を汲んでいくたびか新茶を試む。こういう生活もしようと思えば、誰にでもできます。

窓は竹雨の声に宜し。亭は松風の声に宜し。几は硯を洗う声に宜し。榻は書を翻す声に宜し。月は琴声に宜し。雪は茶声に宜し。春は箏声に宜し。秋は笛声に宜し。夜は砧声に宜し。

竹というものを窓外に植えておくと、月を見ることもでき、雨を聴くこともでき、いろいろ趣のあるものだ。ここでは竹雨。竹にそそぐ雨の音、「竹雨の声に宜し」である。「亭は松風の声に宜し」、松風を聴くのに亭、あずま家がいい。「几は硯を洗う声に宜し」、几は机のことである。「榻は書を翻す声に宜し」、榻は長椅子のこと。寝台にひっくりかえって、枕元のテーブルに書を置いて、うとうとしておるとハタハタと風につれてページがめくれる。「月は琴声に宜し」、なるほど月下の琴というものは黒田節じゃないが誰にもわかる。「雪は茶声に宜し」、点茶には雪の日が最もいい。「春は箏声に宜し」、琴は春に聴く。そして笛は秋に聴く。「秋は笛声に宜し」である。「夜は砧声に宜し」、砧を打つ音が似合うという。われわれ文明社会ではもうこんなことはなくなってしまった。しかし昔は誰もが知っておった。実に細かに観察しておる。ついでに声の至清を見てみよう。

松声、澗声、山禽の声、夜虫の声、鶴声、琴声、棋子落つる声、雨・堦に滴る声、雪・窓に洒ぐ声、茶を煎る声、皆声の至清なり。而して読書の声最たり。

「棋子落つる声」というのは将棋をさす音。「雨・堦に滴る声、雪・窓に洒ぐ声、茶を煎る声、皆声の至清なり。而して読書の声最たり」。この最後がよく利いております。

影を寒牕に抱いて霜夜寐ねず。松竹の下を徘徊すれば、四山・月白く、霜は氷柯に堕つ。相与に李白の静夜の思を詠ずれば、便ち冷然たる寒風を覚ゆ。寝に就き復た蒲団に坐し、松端より月を看、茗を煮て談を佐け、此の夜の楽しみを竟う。

実にうまい文章である。「影を寒牕に抱いて」とは寒い窓の下に膝を抱いて。「氷柯」は凍ったような木。「茗」はお茶のこと。李白の「静夜の思」は非常に有名であります。

　牀前月光を看る
　疑うらくは是れ地上の霜かと
　頭を挙げて山月を望み
　頭を低れて故郷を思う

漢詩のたいていの本に出ております。

春雨初めて霽（は）れ、園林洗うが如し。扉を開いて間望すれば緑疇麦浪（りょくちゅうばくろう）層々として、湖頭の煙水と相映帯（あいえいたい）するを見る。一派蒼翠（そうすい）の色、或は樹杪（じゅびょう）より流れ来り、或は渓辺より吐き出す。筇（つえ）を支（も）って散歩すれば数年塵土（じんど）の肺腸倶（とも）に洗浄さるるを覚ゆ。

敢（あ）えて訳するまでもないでしょう。「間望すれば」は静かに望むこと。「緑疇麦浪」は緑の畑の麦の穂の波である。「湖頭の煙水と相映帯する」は春霞に煙った湖水と相映り合うことである。「樹杪」は木の梢（こずえ）で、「筇（つえ）」は竹の杖。幽邃（ゆうすい）な仙境にぴったりであります。

■四時の夜と佳客

春夜は苦吟に宜しく、香を焚き書を読むに宜しく、老僧と法を説いて以て艶思を消すに宜し。夏夜は間談に宜しく、水に臨みて枯坐するに宜しく、松風の冷韵を聴いて以て煩襟を滌うに宜し。秋夜は豪遊に宜しく、快士を訪うに宜しく、兵を談じ剣を説きて以て蕭瑟を除くに宜し。冬夜は茗戦に宜しく、酌むに宜しく、須らく三国、水滸、金瓶梅諸集を説くべく、竹肉を著けて以て、孤岑を破るに宜し。

「春夜は苦吟に宜し」、つまり苦心して詩作に耽るのに良い。春夜と苦吟はちょっと合わないが、春の夜はのんびりしているから思うように詩が作れない。満足いかないから苦吟・推敲する。一見、合わないようだけれど、一歩深く考えれば、これは実によく合っている。「老僧と法を説いて以て艶思を消すに宜し」、「艶思」とは必ずしも男女関係や恋愛のことばかりではない。人間同士のいろいろ私情にからんだことを艶思という。それで、老僧と法を説いていると、俗世間のいろいろな交わりの中にある免れない艶思を消す。同じように「夏夜は間談に宜し」は自然である。あるいは平凡である。「水に臨みて枯坐する」、枯坐というのは枯れ木のように坐(すわ)ること。凝然として坐しておる。夏の夜だから寒くもなく、涼風に吹かれていい気持ちだ。この「枯坐する」が大変よく利いておる。「煩襟を滌うに宜し」は煩わしい襟、つまり俗世のゴタゴタしたことに煩わされる心を洗うによろしい。

「秋夜は豪遊に宜しく、快士を訪うに宜しく」は豪遊と快士の対語を持ってきておる。これもよく利いておる。痛快なる士人・人物、快士を訪うによろしい。ジメジメした陰気な友達と話をしたのでは救われない。やっぱり豪快・爽快(そうかい)な人物と話すのに秋夜はぴったりであります。それから、「冬夜は茗戦に宜しく」は、茶の湯の巧拙を競いながら、また酒を飲み合いながら、『演義三国志』、『水滸伝』、『金瓶梅』を説く。一般には『三国志』と『水滸伝』はよく並べるが、『金瓶梅』はめったに並べない。一方は英雄伝であり、一方は怪盗伝。それに対して恋愛小説の『金瓶梅』を持ってくる。この並べ方がまた意表に出ておる。そして結局、草鞋(わらじ)(竹肉)を履いて、「孤岑を破る」、孤峰を踏破するとうまく逃げておる。逃げるといったらいかんかも知らんが、とにかく非常に変化の妙があります。

或は夕陽籬落、或は明月簾櫳、或は雨夜榻を聯ね、或は竹下觴を伝え、或は青山戸に当り、或は白雲庭に可し。斯の時に于いてや、臂を把り、膝を促し、相知幾人、譃語雄談すれば快心千古なり。

「或は夕陽籬落」、夕陽の射しておる間垣のほとり。非常に繊細な感覚、美的感覚であります。文章を書く人にはいい参考になる。夕陽に何を配合するか。籬落、間垣のほとりをもってきて、夕陽が家の間垣のほとりにたゆとうておると趣のある表現をしている。「或は明月」には簾の掛かった窓を持ってきて、ゆかしく、ロマンティックで、何か寂しい味を出しておる。まさに言葉の妙であります。「或は雨夜榻を聯ね」、雨の夜に腰かけ（榻）をならべ、「或は竹下觴を伝え」、竹の下で杯を酌み合い、「或は青山戸に当り、或は白雲庭に可し」である。青山と差し向かいになれば、庭から白雲が見える。「斯の時に于いてや、臂を把り、膝を促し」、すなわち皆がすり寄って相集まって、譃語、冗談やら豪快な男らしい話をすれば、もう実に「快心千古なり」である。まことに永遠的な愉快さであります。

湖上の新荷競い発き、香気人に噴く。毎に炎鬱の時に当り、一窓檻玲瓏の舟に駕し、茶具を携え、僧侶を邀え、青衣二三を挟んで、相与に褦襶に避け、共に烟深き処に入り、青蓮を採って之を啖えば、種々の鮮香、歯牙に流溢し、肺腑に沁入するを覚ゆ。興到りて衲子輩と茗を啜り、詩を哦い、或は小品公案を談ずれば、両耳琅々として哀玉を扣くが如く、倦めば則ち枕を払い、舟中に怡然として夢に就く。醒め来れば都て復た記せず。

「湖上の新荷競い発き、香気人に噴く」の「荷」は蓮の葉。蓮はいわばハスの総称であり、葉を荷というのに対して実を蓮といいます。ちなみに根は藕という。しかし、その下に「競い発き」とあるから、この場合はやはり蓮の花であろう。そこで「香気人に噴く」、人に向かって香気が漂ってくる。「毎に炎鬱の時に当り」、暑くて皆まいっているときに「一窓檻玲瓏の舟に駕し」、屋形舟の窓がよく開いて風が涼しく通る。「檻」は手すり。「玲瓏」はすき透って清らかなること。茶具を携え僧侶を迎え、青衣（芸妓）二三人をさし挟んで仲間へ入れて、「相与に襛纖」、これは難しい字だが、日除け傘のことだ。水の上に乗り出すのだから実は暑い。日光を避けて、「共に烟深き処に入り」、靄とか霞の深い所に入って、青蓮を採って口にくわえれば、いろいろ鮮やかな香りが「歯牙に流溢し、肺腑に沁入するを覚ゆ」るのである。「興到りて衲子輩」、つまり僧侶たちと、茶を啜り、詩を詠い、ちょっとした作品・文について、あるいは禅家の問答を談ずれば、「両耳琅々として哀玉を扣くが如く、倦めば則ち枕を払い、舟中に怡然として夢に就く」。「琅々として」とは玉の鳴る音、「怡」は喜ぶ、楽しい、やわらぐの意。「醒め来れば都て復た記せず」、醒めたらみんな忘れてしまう。これが本当の自由であり自楽である。いい題材をとっており、円転滑脱とはこのことです。

三月茶笋初めて肥えて、梅風未だ困ならず。九月蓴鱸正に美にして秫酒新に香し。勝客晴牕、古人の法書、名画を出だし、香を焚きて評賞するは、此の時に過ぐるなし。

「笋」というのは筍（たけのこ）のこと。筍のことを竜孫ともいう。私もあちこちから筍をもらうので、ある日「竜孫到来ありがとう」という返書を出したら、ある人から「竜孫とございましたが、何をお送りしたんでしょうか」と問うてきた。

そこでまた葉書を一枚追加した。礼状を二度書かなくちゃならない。余計なことはせんものだと思いました。

「梅風未だ困ならず」の梅風は梅雨のちょっと前、梅雨がまだ不快感を与えるまでにはいたっていない。「蓴鱸」はジュンサイと鱸（すずき）。いまでも宍道（しんじ）湖の辺りへ行くと蓴鱸があろう。「蓴鱸正に美にして秫酒新に香し」、もち米で造った酒、老酒とか紹興酒だ。「勝客晴牕」、教養の優れた客人と晴れた窓辺に、古人の法書（法帖）・名画を出だし、香を焚いて評賞するは、この時に過ぐるはなしであります。

歳行（さいこう）尽きぬ。風雨凄然（せいぜん）たり。紙牕竹屋（ちくおく）、灯火青熒（せいけい）。時に此の間に于（お）いて小趣を得（う）。

「歳行尽きぬ」、もう暮れになった。いよいよ年が詰まった。たまたま風雨が凄然たり。年の暮れの雨風はすごい。寂しい。凄然という形容詞がよく合う。「紙牕」は紙の窓障子、「竹屋」は竹の柱の庵。「灯火青熒」、灯火が青く輝いておる。年の暮れの夜の静かな景色である。「時に此の間に于いて小趣を得」、小さな趣、ささやかな風情というものがある。年の暮れの夜景、静かな家の夜の情景というものをわずかな言葉で実によく表している。これは蘇東坡（そとうば）の小品集『東坡題跋』から引用しています。

　これについても、私が引用して、暮れに物をもらってお礼状に「歳行尽きぬ。風雨凄然」と書いてやったら、ある友人が、暮れにたくさん来た手紙の中に先生のいい文句があった。あれは先生の創作ですかと尋ねてきた。こんなことが時々あります。私の本などにも古人のもう一つ古人の作品を失敬しておる。それが学問や文章のまたいいところかも知れません。

　とにかく、歴史的作品、古典を探究しないと、浅学になる。学問・勉強が狭い。いくら自分は天才だとか秀才だとか思っておっても、やっぱり一人の智恵だの才能というのはたかが知れている。長い歴史に幾億の人の中からふるい残されておるような人物や文献をよく承領しないと、いい気になってしまう。人間、いい気になるというのは一番浅薄なことです。自分免許で得意になる、いい気になるのは人間の一番軽率・浅薄を表すことだ。本当に人を知り、本当にいいものを学んだら、知り学ぶほど謙虚・謙遜になるべきだ。『易』六十四卦の中では、「謙の卦」というのを一番大切にされておるが、これは真理だと思う。道を修める者の極意の一つだろうと思う。ことに識者・達人の前において、いい気になって気炎を上げたり、物知り顔をする者くらい愚というか、浅ましいものはいません。

明治の中ごろに考証学が流行して、義経が大陸へ渡ったとか、西郷隆盛はシベリアへ抜けたとか、大塩中斎は広東に去って、あの長髪賊の頭領になったなどという、いろいろ奇説が流行ったことがある。親鸞聖人というものが疑問であるとか、達磨はあれは嘘だとか、達磨非実在論とか、いろんなものが考証学者・新進学者の手によって行われたことがある。まったく嘘八百でした。

一人の新進の学者が一老師を訪ねて、滔々として達磨非実在論をやった。いろいろ新たに発見されたような文献を羅列して言うものだから、老禅師には初耳のことばかりで、大変熱心に耳を傾けられた。その姿を見た新進の学者はさらに得々として説く。そのうちに、老師が首を傾けて沈黙しだしたので、新進の学者先生、「これはだいぶご機嫌が悪い、気に障ったかな」と思って、いいかげんに切り上げようとした。玄関まで送ってこられた老師が、別れ際に「あんたは牛のおケツやな」と感嘆したような声でそう言われたので、訳もわからずに出ていったけれども、気になってしょうがない。

　褒められたのかなと思うけれど、やはり「牛のおケツ」がどうもいい感じでない。そこでいろいろ字引を引っ張ったけれども、どこにも解説がない。百計尽きて改めて禅寺を訪れて、「甚だお恥ずかしいことですけれども、先日別れ際に『牛のおケツじゃな』とおっしゃったのはどういうことなんでしょうか。ご教示をいただきたい」と言った。すると、老僧は呵々大笑して、「それだから学者は困ったもんよ。あれはそんな難しいことじゃない。牛はモーと鳴くじゃろ。おケツは尻だ、物知りじゃな、ということだ」。学者は呆気にとられて、すっかり兜を脱いだ。それからは、ゴタゴタと材料ならべて、古来の伝説・推測を否定するようなことをやめたという話がある。

　このごろ、人の論文なんか見ていると、物知りじゃなと思うような論文があるが、結局何もわかっておらんのが実に多い。学問とはそんなものではない。やればやるほどわからなくなって、謙虚・謙遜になるのが本当だ。若造の生意気なのは、年寄りの偉ぶっているのと同じようにいけない。やっぱり少年、青年と老人は、ゆかしくなければいかん。若い者のゆかしいのは、非常に可愛いもので、年寄りのゆかしいのは、奥ゆかしい。これはまた深みがある。こういうのが本当の哲学というものであります。

第三章——人間と花鳥風月

■文人の自然・花鑑賞

『酔古堂剣掃』は五十種にのぼる文献から材料を採った陸紹珩(しょうこう)の豊富な教養の読書録であります。いわば生活の哲学、生活の芸術であって、日本でも幕末から明治時代にかけて、広く普及して愛読されたものである。すでに気づいているかも知れませんが、この『酔古堂剣掃』に書かれてあることのみごとな体現・実現が、実はこの研修の会場となっている田母沢(たもざわ)の名園であります。ここは明治・大正・昭和の三代の天子が好んで遊ばれた、人工の跡をとどめぬぐらい洗練された名園で、立派な自然の芸術、あるいは芸術の自然を実証しております。私はヨーロッパの帝王の別荘や庭園、古城址(あと)などをずいぶん見て歩いたが、人工的で人間くさい、貴族くさい。それに比べると日本の名園は実に自然である。人間的技巧というものを究め尽くして自然を生かしている。その日本の名園の中でも、特にこの田母沢御用邸のこの御苑は、人間的臭味を脱して、自然の妙趣を活かしている。『酔古堂剣掃』をよく読むと、田母沢御苑の味がよくわかります。

皆さんも田母沢の御苑に親しんで散歩逍遥（しょうよう）し、この講話が終わったら帰りがけに改めて御苑をしみじみ味わって帰られるといい。これは私の老婆心というものです。老婆心は非常に大切であります。自分に関することでないからどうでもいい、俺の知ったことじゃないというのが世間普通の俗語だけれども、老婆心とは要するに慈悲である。愛というより慈悲であります。愛という字は「かなし」と読む。本当の愛は必ず悲しみを持つ。深い哲学になるかも知れないが、母のことを悲母と言い、大慈大悲の観世音菩薩（ぼさつ）と言う。人間はこの愛（かな）しみの心を持たないといけない。『酔古堂剣掃』には、自然を描写しつつ、そこになんともいえぬ愛しさが漂っている。それが味わえるようになれば本物だ。その開かれた眼をもって、この御苑を散歩してお帰りなさい。それが活学であります。

　花を賞するには地あり、時あり。其の時を得ずして、而して漫然客に命（い）えば、皆唐突（とうとつ）と為す。寒花は初雪に宜（よろ）しく、霽（はれ）に宜しく、新月に宜しく、煖房（だんぼう）に宜し。温花は晴日に宜しく、軽寒に宜しく、華堂に宜し。暑花は雨後に宜しく、快風に宜しく、佳木（かぼく）の陰に宜しく、竹下に宜しく、水閣に宜し。涼花は爽月（そうげつ）に宜しく、夕陽（せきよう）に宜しく、空階に宜しく、苔渓（たいけい）に宜しく、枯藤巉石（ことうざんせき）の辺に宜し。若（も）し風月を論ぜず、佳地を択（えら）ばずんば、神気散緩し、了（つい）に相属せず、妓舎（ぎしゃ）酒館中の花に比して何ぞ異ならん哉（や）。

「漫然客に命えば」とは、とりとめもなく客に命えば、命という字を「言う」と読む。命だから絶対という意味を持っておる。いいかげんなことを言わない。本当に心をこめて言う場合にはこの「命」の字を使う。花を賞するについても、地もあれば時もある。この時を得ないで漫然と、いいかげんに客に花の話をしだすと皆唐突と思う。寒いときの花は「初雪に宜しく、霽に宜しく、新月に宜しく、煖房に宜し」、初めて出た月を二日月、三日月と言う。新月に宜しくとして一転して、あったかい部屋に宜し。寒花と温花は花をよく見ればわかる。温かい花もあれば寒い花もある。梅などは寒花の一種、桜は温花になる。私は梔子（くちなし）の花が大変好きだけれど、あれは季節から言うと温花だが、受ける印象から言うと、やっぱり寒花の一種である。「温花は晴日に宜しく」、軽寒だから二月か三月のころか。「華堂」は立派な屋敷。夏の花、暑花は雨後に宜しく、快い風に宜しく、佳木の陰に宜しく、竹下に宜しく、水辺の建物・水閣にいい。花を実によく観察しておる。

涼花、涼しい花は爽やかな月に宜しく、夕陽に宜しく、空階、いろいろゴタゴタのない静かな階段のほとりに宜しい。苔むした谷に宜しく、枯れた藤、そばだった石、「枯藤巉石の辺に宜し」。もし風月を論ぜず、佳地を択ばなければ「神気散緩し、了に相属せず」、人間の深い気持ち・精神がバラバラになる。あるいは弛んでしまう。お互いが結ばれない。統一されない。バラバラ・散漫になってしまう。そういうのは、「妓舎酒館中の花」、つまり芸者屋・料理屋なんぞの中によく出してある「花に比して何ぞ異ならん哉」。これはつまり俗花である。細やかな気の利いた観察で、花ももって銘すべしであります。

花を賞し酒を酣す。酒・園菊を浮べ、凡そ三盞す。睡り醒めて月を問えば、月は庭梧の第二枝に到る。此の時此の興、亦復た浅からず。

「花を賞し酒を酣す。酒・園菊を浮べ」、山形は菊の名所で、よく料理に菊の花を使う。「もってのほか」という菊もあり、おもしろい名前だと思ったことがある。

酒に菊を浮かべる。吸い物に菊を使う。酒の肴に菊を使うのは山形の特別料理で大変いい趣味だと思う。酒に園菊を浮かべて「凡そ三盞す」、杯を三つ。睡りから醒めて月を問えば、庭のあおぎりの第二枝にいたる。「此の時此の興、亦復た浅からず」であります。

雪後梅を尋ね、霜前菊を訪(と)い、雨際蘭(うさいらん)を護(まも)り、風外竹を聴くは、固(もと)より野客(やかく)の間情、実に文人の深趣なり。

「雪中の梅」とはずいぶん歌になり詩になっておる。「雨際」、雨が降っておるときに打たれないように蘭を護り、風がそよそよ吹いておる彼方に竹の擦れ合う音を聴く。雪後、霜前、雨際、風外のコントラストを実にうまく使い分け、その妙を発揮しておる。これは文章であると同時にすでに詩である。それは、「固より野客の間情」、野人は浪人、田舎住まいの人、「間情」の間はもちろん間ではない。暇であり、したがって静かという意味。野に生きる人の静かな情緒。文学、芸術、読書人の深い趣であります。

花に喜怒・寤寐(ごび)・暁夕(ぎょうせき)あり。花に浴(そそ)ぐは其の候を得れば乃(すなわ)ち膏雨(こうう)と為す。淡雲薄日・夕陽佳月は花の暁なり。狂号連雨・烈焔(れつえん)濃寒は花の夕なり。檀脣(たんしん)日に烘(て)り、媚体(びたい)風に蔵するは花の喜(よろこび)なり。暈酣(うんかん)神斂(おさ)まり烟色迷離は花の愁(うれい)なり。奇枝檻(きしかん)に困(くる)しみ、風に勝(た)えざるが如きは花の夢なり。嫣然(えんぜん)として流眄(りゅうべん)し、光華目に溢(あふ)るるは華の醒(さむる)なり。

これは実に優れた思想・心境だと感心してなりません。花にも喜怒・寤寐・暁夕があるという。喜びもあれば、怒りもある。醒めることもあり、寝ておる趣もある。「花に浴ぐは其の候を得れば乃ち膏雨と為す」、膏というのは油という字。「病膏肓(こうこう)に入る」という言葉があるが、薬も針も通らんところを膏肓と言う。「膏雨」とは慈味のある雨。花に浴ぐのにちょうどいい時候に雨が降ってくれる。そういうありがたい雨を膏雨と言います。

淡き雲、うっすらとした日、夕陽佳月は花の暁である。「狂号連雨」は荒れ狂う長雨。「烈焔濃寒」は烈(はげ)しい炎、暑さが厳しく、あるいは濃寒、身にこたえるような寒さ、それは花の夕べであります。

「檀脣」の檀はまゆみだ。春になると薄紫色の花が咲き、秋になるときれいに紅葉する。その花びらを檀脣と言う。檀脣日に烘り、「媚体」はなまめかしい姿、「媚体風に蔵する」は風の間に間にそよいでおる、これが花の喜びである。「暈酣」の暈は庇（ひさし）つきの傘、つまり日傘。傘に包まれておぼろにある。ほのかに酔ったような趣で、誠に静かに神、斂まるというのであります。心の奥深いものが神、無意識層です。「烟色迷離は花の愁なり。奇枝檻に困しみ」、この檻は廊下、竹や花木、枝が思わんところに伸びて廊下に遮られる、こういうのが奇枝檻に困しみという。檻は欄干の干でもよろしい。

「風に勝えざるが如きは花の夢なり。嫣然として流眄し、光華目に溢るるは華の醒なり」、しゃれた文章だ。にっこりと流し目で見る。この目については、いろいろの見方もあるが、流し目というのは「眄」で、黒目と白目がはっきりした美しい目は「盼（はん）」。「盻（けい）」は睨（にら）むこと。これはよく間違うが、眄は流し目に見、「光華」（輝き）「目に溢るるは華の醒なり」です。

■風雅の友

昔人花中十友あり。桂を仙友と為し、蓮を浄友と為し、梅を清友と為し、菊を逸友と為し、海棠は名友、荼蘼は韵友、瑞香は殊友、芝蘭は芳友、臘梅は奇友、梔子は禅友。昔人は禽中五客あり。鷗を間客と為し。鶴を仙客と為し。鷺を雪客と為し、孔雀は南客。鸚鵡は隴客。花鳥の情を会すれば、真に是れ天趣活潑。

「昔人花中十友あり」、花に十種類の友達がある。桂は木犀。これを「仙友と為す」。仙人の友達。「蓮を浄友と為す」、浄い友、いかにも蓮の花は浄い。だから仏様、仏壇に供える。仏の座する台を蓮華座と言う。日本の蓮華は引き締まって小づくりで浄いが、インドの蓮は非常に花弁が大きい。大輪だ。あれならたしかに人間が坐れるような気持ちがする。だから蓮華座はやはりインドから出たものであることがよくわかります。

昔あまり都会がゴタゴタしてないころ、私どもが大学におったころ、不忍池（しのばずのいけ）へ十数分で行けた。朝早くブラブラと散歩すると不忍池の蓮の開く音が聞こえた。シュッという音がしたが実にいいものだった。たしかに浄友である。同じ浄いといっても梅のほうは清友である。浄というのは洗い出したような美で、清というのは透き通っているような美、両方合わせて清浄という。蓮は浄のほうで、梅は清のほうで、梅を清友となす。浄と清とを感じ分けるのには、抽象的な言葉ではわからんが、蓮と梅との相違だといえばよくわかる。「蓮を浄友と為し、梅を清友と為し」、なるほどと思います。

菊には俗を脱する解脱という趣がある。それで「菊を逸友と為」すのである。菊作りは気に入らんものをどんどん捨てて、これならという菊を初めて作る。ずいぶん厳しいもので、犠牲が多い。細井平洲（へいしゅう）先生（江戸中期の儒学者）は、自分の教育・学問は、菊作りでない、畑作りと同じことであると言っています。「菊作りは、気に入らんものをどんどん捨て、百本千本の中から本当の一本の名品を作る。これが菊作りの趣味であり、自慢である。しかし、わしはそうじゃない。わしは畑仕事と同じでそれ相応に、菜っ葉、大根、南瓜、蓮根、なんでもいい。野菜を作るように教育する」

これはまた一つの見識であります。教育にも、人間教育と名人・達人教育、天才教育といろいろあっていい。この感情は複雑だ。好みもあるし虚栄もあるだろう。しかし、愚物・鈍才なんでもいい、集まるものをそれ相応に育ててやる、これこそ本当の教育だろうと私は思う。慈悲の教育である。

「海棠は名友」、名ある友、誰にも愛される、評判になる名友である。「荼蘼の花」というのは私はあまり見たことがない。これは「韵友」だと言う。リズミカルな音楽の友だ。人間には木石という言葉がよく使われるが、いかにも感じの悪いというか、野暮というか、そういう人がいる。これに対してできた人はどこかにリズミカルで音楽的なところがある。だから風韵とも言う。「瑞香」は沈丁花（じんちょうげ）のこと。「殊友」の殊は、一般から抜けた個性のある特殊のこと。だから特殊の友である。「芝蘭は芳友」、芳しい友だ。「臘梅は奇友」、奇抜な友。「梔子」（くちなし）は禅友。どこか禅味がある友であります。

これと同じように、小鳥にも五種類の客がある。小鳥とも言えないが、鷗・鶴も入っている。「鷗を間客」とする。間はのんびり静かなこと。鷗がふわっと波の上に浮かんでいるというのは、いかにも長閑な気がします。「鶴を仙客と為し、鷺を雪客と為し、孔雀は南客」、鷺の雪客はよくわかるが、孔雀の南客は、南方から来た珍しい客という意味だろう。「鸚鵡は隴客」、畑、隴、畝、畔、これはみな隴である。鸚鵡は野の友達だというのは、野良仕事をやっているとよく慣れる。しかし、日本では普通、子供や娘が籠に入れて愛玩する。ここでいう鸚鵡はそれとはだいぶ違って、自然の鸚鵡である。中国人は鸚鵡を籠に入れて、そして商売の取引によく使う。中国の商人は景色のいい所にテーブルを置いて、そこでそばの木の枝、あるいは花の枝に鳥籠をぶらさげて、鳥をさえずらせておいて商談をしておる。ああいう光景はちょっと日本では見られないが、それを思うと鸚鵡は隴客というのがわかります。

とにかく、花や鳥の情趣がわかれば「真に是れ天趣活潑」。自然の趣が活き活きとわかる。つまり自然と人間を一つにして、それをよく生かしておる。こういうことが本当の生きた風流というものでしょう。

花を鑑賞するには須らく豪友と結ぶべし。妓を観るには須らく澹友と結

ぶべし。山を登るには須らく逸友と結ぶべし。水に汎(うか)ぶには須らく曠友(こうゆう)と結ぶべし。月に対するには須らく冷友と結ぶべし。雪を待つには須らく艶友(えんゆう)と結ぶべし。酒を捉(と)るには須らく韵友と結ぶべし。

今度は花を鑑賞する立場から、それに配するに友をもってしている。独りで花を賞するのも寂しい。誰かと一緒に花を見る。花を見るにもやっぱり優れた友が欲しいという思想だ。いわんや俗物と花を見るなんてなおさらいかん。どういう友達がいいか。「花を鑑賞するには須らく豪友と結ぶべし」、くったくのないスケールの大きな豪友と見るというのはいい、一つの対照の妙をなす。「妓を観る」とは女、特に酌婦、芸者というような酌妓を観るには須らく「澹友と結ぶ」。澹は淡い、あっさりという字である。宴会に芸者を呼ぶにはあっさりした淡泊な友がいい。芸者を珍しがったり、ベタベタしたり、ふざけたりするような奴と宴会をやっても甚だ俗悪で興が醒める。それにしても最近は俗友が多い。「山を登るには須らく逸友と結ぶべし」、通常からちょっと逸(そ)れたのが「逸友」。あまりしきたり、俗な規範に入らない、通俗から少し逸した友達がいい。せっかくいい石、いい岩などをうっとり観ていても、「おい何しとるんだ」とせっつくような俗友ではありません。

私は子供のときに一本やられたことがある。岡村閑翁先生という方がおられた。生駒山中に隠世された真の隠君子で、しかもなかなか豪傑の士で、吉田松陰らと大和の森田節斎を訪ねて一カ月遊んでおる。私がまだ中学生のころには山中のお寺を塾にしておられた。そこへ帰られるときだったか、あるいは里に出られるときだったか、私はお供をしたことがある。そしたら、山中の道端に大きな岩があって、先生は立ち止まってしみじみと見てござる。私はもうじれったくてしようがない。

「先生何を見ておられるのですか」

と、少しせきたてるように言ったら、

「俺のような歳になると、この岩がなんとも言えん魅力がある。お前らのような若い奴は女の顔でも見たいだろうが、アハハ……」

と言って笑われたことをいまだに覚えておる。どうも一本やられました。

こういうのを生きた教育というのでしょう。

「水に汎ぶ」、舟遊びをするには、須らく「曠友と結ぶべし」。「曠」というのは、広々とした所に日が射しておる。晴れやかで遮るものがない。間曠、とか清曠といったように使われるが、胸中になんのわだかまりもないカラリとした風格。そういう曠友と結んだほうがいい。山紫水明の舟の中でまで、何やら薄汚いコセコセしたことを言いだすような友達はごめんです。

「月に対するには須らく冷友と結ぶべし」、「冷」は冷やかという字だけれど、あまり熱っぽくない、俗でない、どこか清く冷やか、そんな清冷の友がいい。そして、雪見のときには艶友がいい。艶友とは艶なる友だ。美人、友情、情を解する友達、もちろん艶友というから、表向きは女友達だ。「酒を捉るには須らく韵友と結ぶべし」、つまりリズミカル、音楽的な友がいい。詩もわかる、歌もわかる、音楽もわかる、人間そのものがどこかリズミカルで音楽的である。これを韵友と言う。実に非凡な見識、主義、着眼、文章である。読んでも飽きないし、人間の想像力を触発されます。

花を挿(さ)して瓶中(へいちゅう)に著(つ)く。俯仰高下(ふぎょうこうげ)、斜正疎密をして皆意態あらしめ、画家写生の趣を得れば方(まさ)に佳なり。

「花を挿して瓶中に著く」、花瓶に花を活ける。「俯仰高下、斜正疎密」とは花を俯く、仰ぐ、高く低く、斜め、真っ直ぐ、あるいは疎らに、緊密にというふうな花の活け方。言うまでもないことだが「皆意態あらしめ」る。それぞれ生きておる。考えておる姿、意味のある姿、これが意態。つまり花を活ける者が、花を活かすことは、花にそれぞれの趣、意態というものを出させることです。

「画家写生の趣を得れば方に佳なり」、画家が写生するように、自然の景色を選ぶがごとく、花を活かすことである。政治家、あるいは指導者も花を活けるのと同じで、いろいろの人物を活かして用いるべきである。人間を似つかわしくないところへ配置すれば、人事行政のぶち壊しで、やっぱり人を使うのも花を活けるのも同じこと。東洋哲学・東洋芸術に共通の一つの観点であります。

■観月百態

花の次は月です。月についても微に入り細をうがって観察・記述しています。

月は寒潭に宜し。絶壁に宜し。高閣に宜し。平台に宜し。牕紗に宜し。簾鉤に宜し。苔堦に宜し。花砌に宜し。小酌に宜し。清談に宜し。長嘯に宜し。独往に宜し。首を掻くに宜し。膝を促するに宜し。
春月は尊罍に宜し。夏月は枕簟に宜し。秋月は砧杵に宜し。冬月は図書に宜し。楼月は簫に宜し。江月は笛に宜し。寺院の月は笙に宜し。書斎の月は琴に宜し。閨闥の月は紗厨に宜し。勾欄の月は絃索に宜し。関山の月は帆檣に宜し。沙場の月は刁斗に宜し。花月は佳人に宜し。松月は道者に宜し。蘿月は隠逸に宜し。桂月は俊英に宜し。山月は老衲に宜し。湖月は良服に宜し。風月は楊柳に宜し。雪月は梅花に宜し。片月は花梢に宜し。楼頭に宜し。浅水に宜し。杖藜に宜し。幽人に宜し。孤鴻に宜し。満月は江辺に宜し。苑内に宜し。綺筵に宜し。華灯に宜し。酔客に宜し。妙妓に宜し。

「月は寒潭に宜し」の寒潭は澄みきった深い淵、その側で眺めるのがよろしい。「寒潭の月」とも言う。「絶壁に宜し」、これはちょっと気がつかない。言われてみるとそうだと思う。絶壁の上で月を仰ぐというのは実に趣がある。こういうのはすぐ詩になる。「高閣に宜し」、高い建物から月を見る。これもたしかにいい。同時に「平台に宜し」である。平台に毛氈（もうせん）でも敷いて、広々とした所にいい酒でも置いて、ちびりちびりやりながら月を見るなんていうのもいい。「牕紗に宜し」、窓の紗、薄絹のカーテンを窓にかけて、それを通して見る。「窓月」と言う。なんとなく憂いをふくんでいる美人を想像させる。「簾鉤に宜し」、簾をクルクルと巻いて釣る暖簾受け。香炉峰の雪は簾をかかげて見るという詩の一節もある。「苔堦に宜し」、苔むしたる階段、苔堦の月もなるほどいい。「花砌に宜し」、花の汀（みぎわ）は階段になって道になっておる、流れになっておる汀だ。「小酌に宜し」、ちびりちびりと酌むことを小酌と言う。あまり酔っぱらったらぶち壊しだ。「清談に宜し」、月下においては清い話である。「長嘯に宜し」、長く声を引いて詩をうたう。「独往に宜し」、独り行くによろしい。月はよく人を誘う。それこそ前に述べたいろいろの種類の友達がある。雅友を伴うのはいいけれど、せっかく月を見るのに俗友はかえって邪魔だ。独往がいい。「長嘯独往」であります。

その次におもしろい言葉を入れておる。「首を掻くに宜し」、頭を掻くにいい。月を見ながら頭を掻いておるなんていうのは趣がある。月を見ながら欠伸（あくび）しておるなんてのは最もいかん。それから、「膝を促するに宜し」、月が上がったかと思わず膝を進めることです。実によく細かに見ている。しかも非常に生きておる。ダイナミックないい文章、気の利いた文章です。

また、「春月は尊罍に宜し」、尊は樽、罍も同じ。尊のほうは木樽で、罍のほうは焼き物か何かの樽。春月はどこかに情があるから、月を見ながら飲みたくなる。「夏月は枕簟に宜し」、簟は竹の筵（むしろ）。夏の月は縁側に出てゴロッと寝ころびながら見てもいい。「秋月は砧杵に宜し」、トントンと砧（きぬた）を打ってる。いまはそんな情景は農村にもなくなってしまったが、秋月は砧杵によろしい。「冬月は図書に宜し」、山田方谷（ほうこく）先生（幕末の儒家、備中松山藩の家老）の詩「冬夜読書」に、

頽壁（たいへき）・雪三尺
寒空・月一輪
堅凝（けんぎょう）・天地の気
聚（あつま）って読書の人に在り

とある。これと同じ心境であります。

楼月、高殿に見る月は簫を聴くのにいい。誰か遠い所で簫を吹いているなんていう月はいい。「江月は笛に宜し」、隅田川とか江戸川とかそういう川の月はどこかで笛を吹いておる。「寺院の月は笙に宜し」、お寺で見る月はどこかで笙を吹いておる。なおいい。「書斎の月は琴に宜し」、そして寝室で見る月は紗厨によい。窓に薄い紗のカーテンがあり、厨というからには台所だ。明らかに家人が一本つけてくれているることがわかる。寝酒です。どうも酔古堂先生は酒好きとみえて、よくこういう情景が出てくる。「勾欄」は曲がりくねった欄干。勾欄に見る月は「絃索」、つまり弦楽器があるがいい。笛には弦がないからやっぱり琴、上手な三味(しゃみ)でもいい。琵琶(びわ)ならなおいい。

「関山の月は帆檣に宜し」、揚子江でも黄河でも舟遊びをした人はよくわかる。江上から関山を見ながら、帆掛け舟が悠々と上っていく。これはいいものだ。「沙場の月」満州とか蒙古とか、見渡すかぎりの平沙である。つまり砂地である。その砂地にテントを張って野営しておる。それが時間が来るというと一斉にドラを叩く、

「刁斗」である。満州・蒙古の光景を彷彿（ほうふつ）せしめる。心憎いまでに生活、人間と自然を鑑賞しておる。「花月は佳人に宜し」、美しい人、よい人、佳人に宜し。いいコントラストである。「松月は道者に宜し」、松というものはどことなく仙人趣味がある。ことに赤松というものは非常に道味のあるもの。だから昔から仙人に赤松という名前がある。赤松ならずともすべて松の月というものは、どこか道味・道趣というものがある。道元禅師に「傘松道詠（さんしょうどうえい）」という詠歌があった。「蘿月は隠逸に宜し」、蔦（つた）かずらを照らす月、蔦かずらを通して見る月はよく似合う。「桂月（木犀を照らす月）は俊英に宜し」、木犀の香りというものは実にいい。それも近くよりは遠くがいい。秋に道を歩いておっても時々木犀の匂うことがある。見渡すと思いがけない家の間垣から漏れてくる。いい人がいるんだろうなと思わず想像させられます。

「山月は老衲に宜し」、山の月は老いた僧侶・老僧を想像する。これは非常にいい釣り合いだ。「湖月は良服に宜し」、舟の中で湖月を見る。このときはいい着物をと言う。風邪をひかんだけの着物を着込んで見るがいい。これはだいぶ実際的であります。風のそよそよと吹くところの月「風月は楊柳に宜し」。「雪月は梅花に宜し」。

そして片割れ月は花梢によい、と実に細やかに観察しておる。「楼頭に宜し」「浅水に宜し」、こういうことはちょっと気がつかん。浅い水、せせらぎがかすかな音を立てて流れておる。そこに月が映っている。非常にいい趣です。

それから、アカザの杖をついて散歩しながら見るのもいい。「幽人に宜し」、奥ゆかしい所に住む人も幽人。奥ゆかしい風格・教養を持つ人も幽人。「孤鴻に宜し」、コウノトリが群をなして飛ぶんじゃなくて、ただ一羽月をかすめて飛んでおる。これはいい景色だ。「満月は江辺に宜し」、満月は長江のほとりで見るのがいい。張(ちょう)若虚(じゃくきょ)に「春江花月の夜」という有名な長編の詩があったのを思い出す。「苑内に宜し」、夜遅く苑内から奥深い森林の上に月が出てくる。本当にいいものです。

そして一転して、「綺筵」、きらびやかな宴席にも月がいい。華やかなきれいな灯火の影に坐って月を見るのもいい。「酔客に宜し」、これも品のよい酔いでなければいかん。最後に「妙妓に宜し」、妙妓とはただ美人ばかりではない。三味がうまいとか琴がうまいとか歌がうまいとかいう、そういう妓が妙妓です。

■生活・自然・風流

香は人をして幽ならしめ、酒は人をして遠ならしめ、茶は人をして爽(そう)ならしめ、

琴は人をして寂(じゃく)ならしめ、棋(ぎ)は人をして間ならしめ、剣は人をして俠(きょう)ならしめ、

杖は人をして軽ならしめ、麈(しゅ)は人をして雅ならしめ、月は人をして清ならしめ、

竹は人をして冷ならしめ、花は人をして韻ならしめ、石は人をして雋(しゅん)ならしめ、

雪は人をして曠(こう)ならしめ、僧は人をして淡ならしめ、蒲団(ふとん)は人をして野(や)ならしめ、

美人は人をして憐ならしめ、山水は人をして奇ならしめ、書史は人をして博ならしめ、金石鼎彝(きんせきていい)は人をして古ならしむ。

「香は人をして幽ならしめ」、昔は聞香といって香を聞く芸術があり、そういう教養もあった。非常にゆかしいものであるが難しい。香をかぎわけるのである。それはともかく、香は人をして静かに深くする。「酒は人をして遠ならしめ」はちょっとわかりにくい。人をして近からしむというなら誰にでもわかる。しかし、人をして遠ならしめるとはどういうことか。これはなかなか味のあることだ。通俗なことを言えば、酒を飲むときに「あいつはどうしておるだろうな」とか「あいつはおると、おもしろいんだがな」と、酒くらい人を懐かしませるものはない。だから、酒は人をして遠ならしめる、つい遠方の友を思わしめるのです。

「茶は人をして爽ならしめ」、爽やかにする。「琴は人をして寂ならしめ」る。ことに月の夜など仄(ほの)かにどこからか琴の音が流れてくるのは、静寂をいちだんと深くする。将棋・碁は人をして静かにさせる。家のどこかでポツリポツリと石を下ろしておると、かえって静かさを深くする。「剣は人をして俠ならしめ」る、つまり男らしくする。「杖は人をして軽ならしめ」、いい杖があるとどこかへでも飄然(ひょうぜん)と歩きたくなる。「麈」は払子(ほっす)で、俗の反対。人をして雅ならしめる、あか抜けさせる。「月は人をして清ならしめ、竹は人をして冷ならしめ」、冷静ならしめる。竹を見て酒を飲みたくなることはあまりない。やっぱり冷ならしめる。「花は人をして韻ならしめ」る、花は四季折々変化に富んで人をリズミカルにします。

その次がなかなか優れておる。「石は人をして雋ならしめ」る、「雋」は人間の俊才の俊にも通ずるものです。ひとかどたらしめるという意味。特にこの雋は、個性の豊かなものを言う。清朝に特に風雅で聞こえた揚州という所がある。「揚州八怪」と言って詩人・画家八人の奇行の士がおって、中でも一番有名な者が金冬心と鄭板橋（ていはんきょう）で、鄭板橋は最も石に凝った。彼は竹の絵は人の望みに応えて描いてあげたが、石の絵だけは容易に人に与えなかった。南画・文人は石から始まって石に終わる。初心の者はまず石を描く稽古をする。けれども、石は生涯至れるものではない。最も名人になっても最後は石だというくらい、石は通俗であって、かつ非凡なものである。したがって道楽・趣味も究極は石でありました。

宋（そう）の大文豪・蘇東坡（そとうば）の親友で書家として有名な米元章（べいげんしょう）も非常な石道楽だった。彼が地方長官をしておったとき、その県庁の庁舎の前に人の形をしたみごとな石が立っておった。それを見るのが楽しみで知事になったという。出勤すると石にうやうやしくお辞儀をしてから長官室に入る。執務もろくに執らない。それで中央政府当局に、米元章知事は少しも県の事務をとらんで、石ばっかり弄っておるという報告が来て、巡察史が見回って、「知事たるものはもっと行政に精を出せ」と諄々と言う。すると、彼は聞いておるのか聞いておらんのか、机の上の石をしきりに弄んだり、並べたりして見ておる。机の引出しを開けると、そこにはみごとな石ばかり。山水を自然に表したもので、滝があるし谷があるし山がある。なんとも言えんいい石だ。さすがの巡察史も思わず見とれてウーンと唸ってしまった。いままでの説教をやめて、その石をそっと抱いて、これはもらっていくと逃げていってしまった。米元章のほうこそ呆気にとられて、苦笑いしたという逸話がある。このごろの役人とか代議士は俗な奴ばかりで話にならん。もう少し教養・風格のある人間が政治家や役人になったら、日本の国も国民もよくなると思う。それこそ「雋ならしめ」るのであります。

「雪は人をして曠ならしめ」、見渡す限り雪景色、何もなくなるから曠ならしめる。これに対して「僧は人をして淡ならしめ」、淡泊ならしめる。在家在俗の人は僧を見たら淡泊な気持ちになる。このごろはどうも僧は人をして俗ならしむなんてのが多い。本当の僧じゃない。「蒲団は人をして野ならしめ」、この蒲団はいま言う蒲団でなくて、自然の蒲（がま）、野草で作った蒲団。だから、蒲団は人をして野ならしめるとは、自然に近からしめることを言います。

「美人は人をして憐ならしめ」、憐ならしめるとはロマンティックにさせること。「山水は人をして奇ならしめ」、奇は俗の反対。俗を脱せしめるという。「書史は人をして博ならしめ」、経書とか歴史書というのは、人をして博ならしめる。「金石鼎彝」とは古代の鼎（かなえ）だとか祭具。いろいろの祭りの道具、「金石鼎彝は人をして古ならしむ」。太古を思い出させる。こんな人はなんにでも目が利き、手の届く人であります。

■書斎の友と飲酒九則

怪石を実友と為（な）し、名琴を和友と為し、好書を益友と為し、奇画を観友と為し、法帖を範友と為し、良硯（りょうけん）を礪友（れいゆう）と為し、浄几（じょうき）を方友と為し、古磁を虚友と為し、旧炉（きゅうろ）を薫友と為し、紙帳を素友と為し、払塵（ふっしゅ）を静友と為す。

妙な形の石、怪石を実友とする。なんのつくり飾りもない。なるほど石ほど実なるものはない。しかも昨日今日のものでなくて何千年、何万年、何十万年も昔からある永遠性・普遍性を表している。これくらい実のあるものはない。「名琴」は人間を和やかならしめる、「和友と為し」だ。「好書を益友と為し、奇画を観友と為し」、珍しい奇抜な絵は観友、目を楽しませる友である。お習字の手本「法帖を範友と為し」「良硯を礪友」とする。礪は磨く、石を磨くことである。「浄几を方友と為し」、浄い机というのは、正四角であると同時に正しい。古い焼き物・磁器、「古磁を虚友と為」す。虚心坦懐の友だ。現代離れをしておる。旧い炉は薫る友達、紙の蚊帳(かや)は素友、もう地位とか身分とか財産とか、そういうものを一切条件を抜きにした自然生地の友が素友であります。「払塵を静友と為す」と書斎の中のものをいろいろの友に分類しております。

法飲は宜しく舒(じょ)なるべし。放飲は宜しく雅なるべし。病飲は宜しく少な

かるべし。愁飲は宜しく酔うべし。春飲は郊に宜し。夏飲は洞に宜し。秋飲は舟に宜し。冬飲は室に宜し。夜飲は月に宜し。

今度は飲酒。酒を飲むことをまた諸色分類しています。

「法飲」とは形式ばった席で飲むこと。礼式を備えて飲むのが法飲である。これは「宜しく舒なるべし」、堅くなってはいかん。「放飲」、わがまま勝手に飲む。これは「宜しく雅なるべし」。洗練されアカ抜けておらなければいけない。放飲が俗だったら乱れてしまう。病んで飲むのは宜しく少なかるべし。病気で大酒飲んだらそれは大騒動である。しかし、病人は酒を少々活用するとヘタな薬よりいい。「愁飲は宜しく酔うべし」。でも泣き上戸は困る。自分にも悪いが、何より人にも迷惑です。「春飲は郊に宜し。夏飲は洞に宜し」、春は郊外で夏は涼しい洞穴で飲むのがよかろう。秋飲は舟がいい。「冬飲は室に宜し。夜飲は月に宜し」。酔古堂先生はやっぱり酒も好きとみえてよく研究しておる。実にデリケートに捉えて観察して、よく賞味し、考えて楽しんでおる。こういうのが、本当の生活、あるいは人生をエンジョイするということでしょう。

醸酒（じょうしゅ）以て病客を待ち、辣酒（らつしゅ）以て飲客を待ち、苦酒以て豪客を待ち、淡酒以て清客を待ち、濁酒以て俗客を待つ。

「醸酒」は葡萄酒であろう。「辣酒」はピリッとした酒のことである。簡潔明瞭（めいりょう）、意訳する必要もありません。

凡（およ）そ酔うには各宜しき所有り。花に酔うは昼に宜し、其の光を襲（う）くるなり。雪に酔うは夜に宜し、其の思を清くするなり。得意に酔うは唱うに宜し、其の和を宣ぶるなり。将離（しょうり）に酔うは鉢を撃つに宜し、其の神を壮にするなり。丈人に酔うは節奏を謹むに宜し、其の侮を畏（おそ）るるなり。俊人に酔うは觥盂（こうう）を益し、旗幟（きし）の如くするに宜し、其の烈を助くるなり。楼に酔うは暑に宜し、其の清を資（たす）くるなり。水に酔うは秋に宜し、其の爽に泛（うか）ぶなり。此れ皆其の宜しきを審（つまびらか）にし、其の景を攷（かんが）う。

「光を襲くるなり」とは花が太陽の光を受けて照りはえるという意味。「将離」はまさに去るなり、離別のこと。「丈人」は目上の人、「觥盂」は大牛の角などで作った盃のこと、「攷」は考えることであります。実によく人生の機微を捉えている。読めば読むほど、探れば探るほど、自分の考えていること、欲することと、何もかもすべて万事に古人が道破している。おかしくもあり、嬉しくもあり、癪でもあり、ありがたくもある。先生畏るべし、後生愛すべしであります。

人生を享受するとはこういうことであろう。生活の学問、生活の哲学、生活の芸術、生活の文学、これがまた東洋は東洋なりに発達して、政治にも優れた政治学があり、大臣に立派な大臣学がある。宰相には宰相学というものがある。政治家にしても実業家にしても、そういう学問を少しやればもっと人間も立派になるし、官僚事務・政治も立派になる。しかし、現実はそれがだんだん衰えてしまっている。大学を卒業したら、その後は何も勉強しない。ただ生活の職業的な事務にだけは通ずる。いわゆるベテランなるものにはなるが、人間としての教養というものがまるでないことになると、政治も産業も教育も学問も俗になる。いわゆる俗学となる。これは非常に悲しむべきことであると同時に、危ないことだ。その意味でも、著者が

「酔古堂剣掃」と号しておるようにこれは非常に気骨のある、見識も趣味も豊かな人の読書録であります。

われわれの心境を養って、活眼を開かせてくれる。自ずから精神生活が豊かになる。精神が豊かになるから、行動も生活も仕事も、何もかもに余裕が出てくる。人間は仕事をするにも勉強するにも、特にこの身を持し世に処するには、余裕が必要です。孟子も、

「綽々乎として裕なるかな」

と自賛し、あの峻烈な天才的な雄弁家がしきりにこの余裕というものを礼賛しております。

明の太祖・朱元璋を助けた功臣宿将の中、人格・学問において筆頭第一に挙げられた劉基は、友人に「裕軒の記」を書き与えた。その中に、

「思うに人の裕は物に在り」

と人間にとって余裕というものがいかに大切かと説いておる。余裕があるというのは生活の余裕であり、生活の余裕とは、金やら物を持っておることだと言うが、しかし、真の裕は吾が人格、吾が内になければなりません。

「吾に於いて裕なり」

である。本当に裕になれば、

「物の裕と不裕とを知らざるなり」

と述べている。それを読むとほっとする、気が楽になります。

現代のわれわれの社会は、どこを見てもイデオロギー闘争だとか、選挙闘争だとか、産業は産業、政治は政治、教育界も労働界もみんな闘争ばかりしている。これは人間をして自滅に導くもので、こういう乱世に処して本当に自分というものを確立していくのは、真の平和、言い換えれば余裕である。余裕あらしめるには、歴史的な道義的な学問をやることが一番であります。

今日はもう典型的な穢国悪世だ。人間界ばかりでなく、自然界まで人間によって汚されてしまった。空気と言わず、野も海も大変な汚れ方である。穢国悪世という言葉は形容詞とばかり感じていたら、これはまさに現実だ。地球の四分の三を占める海という海は北極海にいたるまで油で汚れておる。太平洋はおろか中央アジアのような大陸の上空も塵埃（じんあい）と飛行機のガスで空気が汚され、酸素が希薄になっておる。酸素は海の微生物によって最も多く出される。その海がどこもここも油で汚されて微生物が死んでしまう。その上空を一機のジャンボ飛行機が渡ると、それだけで二十トンくらいの酸素を使うそうだから、酸素が欠乏して炭酸ガスが増えるばかりだ。これだけでも専門家に言わせると大変に恐ろしいことです。

こうした症状を浄化することこそ人類の大問題である。私たちは、いかにして自分のこの体、自分の生活、自分の教養を清浄化するか。そのためには、自分自身が余裕を持たなければならん。コセコセガツガツしていたらいけない。清浄と余裕、いまこそ生理的にも精神的にも一番大事なことであります。儒教・仏教・道教・神道、多くの東洋学というものは非常な蘊蓄（うんちく）、すなわち内容に富んだ尊いものです。これを道学という。『酔古堂剣掃』はそういう学問の優れた読書録の一つで、ことごとく実生活に直結しているのであります。

こういう学問があると、明治・大正・昭和の三代の天子が親しまれた、この幽邃（ゆうすい）な田母沢の林苑の良さが味わえる。学問をもって見るのと、何もなしに見るのとでは大変な相違だ。われわれは道の学を学んで、少なくともこの穢国悪世に公害を受けないだけの心身を養うことが肝腎（かんじん）であります。

第四章——大丈夫の処する道

■原本十二巻・絶妙の表題

『酔古堂剣掃』は人間学において魅力ある言葉が、興味のある分類で編纂・収録されております。ここではその片鱗だけを取り上げているが、原本は一巻から十二巻までに分類されています。

第一は「醒」と題している。このころの人間はみな何かに酔っぱらっている。正気でない。そこでまず、本当の人間生活をするには活眼を開くしかない、醒めなければならないと「醒」を真っ先に持ってきているのがおもしろい。

第二に「情」を置いている。「醒める」の次だから「知」を持ってくるかと思ったら、情を置いている。これで編著者の意向がわかる。

第三には、「峭」。これは山の険しい貌のことである。その解題には、「今、天下みな婦人なり。……天下の鬚眉にして婦人なる者をして、また聳然として起色あらしめん、峭を集む」とある。つまり、ぞっとして、これではいけないと奮起するところあらしめようと、ゴツゴツとした男らしい名言を集めようとした。

第四に「霊」。霊魂の霊である。非常に刺激的であるが、そこにはやはり霊がなければならん。魂がなければならぬ。

第五に「素」。とかくインスピレーションを持つような人物は奇矯に走りやすい。それではいかんので平素の「素」、つまり無地・生地、人間としての自然性がなければならないというわけである。

第六は「景」を置いた。春には春の景あり、秋には秋の景ありだ。この表題の選び方は非凡である。

醒めている人間はどうかすると理屈っぽかったり意地っ張りになったりするが、人間はなんといっても情味がなければいかんと、その次に「情」を持ってきた。さらに、「情に棹させば流される」で、情を中心にするとだらしなくなるので「峭」を持ってきた。こういうところは凡ならぬ見識である。この峭になって初めて新しい「霊」が入って「素」となり、そこからいろいろの景色が生まれてくる。その景色も平凡・単調ではおもしろくない。そこに音楽的な韻律が出てこなければならない。そこで、

第七に「韻」。春は春、秋は秋、それぞれにリズムがあり、それは常に平凡では

なくなる。そこで。

第八は「奇」。韻律は奇抜でなければならない。

第九には「綺」である。今日の言葉で言うならばロマンティシズム、なかなか配慮が綿密である。

第十に「豪」だ。ロマンティシズムはいいけれど、線が細くなると頽廃する。そこで線を太くする。気魄を優れたものにする。ところが豪は、とかくすると豪邁になり、常軌を逸しやすい。気力にまかせて型を破る。これではいかんということで、第十一には「法」を置いた。一つの締めくくり、法則がなければならない。

そして最後の第十二に「倩」、立派な男、男らしい男という章で結んでいます。

醒に始まって、情、峭、霊、素、景、韻、奇、綺、豪、法、倩、という十二項目を立てて、各々の実例、解説とも称すべき文章・名言・格言を五十種類の自分の愛読書の中から引き出して作ったのが『酔古堂剣掃』であります。古人の学問・文章・見識に酔うという意味で酔古堂（これは陸紹珩の雅号でもあるが）、そしてその剣を以て邪気を掃うというのであります。

■大丈夫の本領と「義命」

君子に三惜あり。この生、学ばず、一惜しむべし。この日、間過、二惜しむべし。この身一敗、三惜しむべし。

君子に三つの惜しいことがある。ここに生まれ生きていながら勉強しない。学ばないことは一つの惜しむべきことだ。第二に惜しむべきは、またと帰らぬこの日を無駄に過ごす。これくらい惜しいことはない。第三は「この身一敗」、せっかくこの身を与えられても大切にしないで、失敗に持っていく、これまた惜しむべきことです。

大丈夫世に処するや、生きては当に侯に封ぜられるべく、死しては当に廟食すべし。然らずんば間居、以て志を養うべし。詩書以て自ら娯しむに足る。

男と生まれたなら、封建時代のことだから、生きては大名に封ぜられ、死んではまさに神に奉られよ。これだけなら何もおもしろくも珍しくもない功利主義である。ところがその次に「然らずんば間居、以て志を養うべし」とある。そうでなければ間居せよ、その場合には男らしい志を養うべし。立志である。そして「詩書以て自ら娯しむに足る」、静かに志を養い、『詩経』、『書経』を読んで、自ら娯しんで暮らす。それで充分だ。これで初めて完全な文章になる。大丈夫の一つの考え方であります。

大丈夫当（まさ）に雄飛すべし。安（いずく）んぞ能（よ）く雌伏（しふく）せん。

大丈夫は雄々しく飛べ、盛んに活動せよ。どうして人の下につき従おうとするのか。

驥（き）は櫪（れき）に伏すと雖（いえど）も足能く千里。鵠（こく）は即（すなわ）ち翅（はね）を垂るるも志九霄（きゅうしょう）にあり。

千里の名馬は馬小屋に伏すといえども、つまりどんな貧乏生活をしておっても、誰か知己があって使ってくれれば大変な業績を挙げる。走らせたら千里を征く。同じように「鵠」、おおとりは羽を収めておとなしくしておっても、志は広い大空にありだ。大人物はどんな地位にあっても、どんな生活にあっても、こういう理想と気迫と大変な能力、気力を持っております。

侠の一字、昔は之を以て意気に加え、今は之を以て揮霍に加う。只気魄気骨の分にあるのみ。

「侠」は男伊達である。「揮霍」の「揮」は手を振り動かす、「霍」は手を裏返すことで、揮霍は手を盛んに動かすことを言う。「揮霍談笑」、つまり手を振り動かして盛んに議論をするという熟語がある。昔は侠の字に意気を加えたが、いまは手を振って談笑するような意味に使う。要するに侠の一字は、気魄・気骨があるかないかが問題で、昔の侠にはそれがあったが、いまはもっぱら談笑にすぎない。いまの侠は少し堕落したという意味が込められています。

宇宙内の事、力めて担当するを要す、又善く擺脱するを要す。担当せざれば経世の事業なく、擺脱せざれば出世の襟期なし。

宇宙内のこと、すなわち、われわれの世界のことは努めて担当する、実行するだけの努力がいる。同時にまた、「擺脱」する。くだらない打算とか煩悩にとらわれないで捨てる、脱却する。ひっかぶるということも必要だが、思い切って捨てるという必要もある、担当しなければ経世の事業はできない。世を治めることはできない。世俗の地位とか名誉とかそんなものからスッポリと脱却する度量がなければ、超越することはできない。矛盾のようだけれどまったくその通りであります。

士君子、心を利済に尽し、海内をして他を少くことを得ざらしめば、則ち天も亦自然に他を少くことを得ず。即ちこれ立命なり。

これは「立命」の解釈であります。立派な人物は「心を利済に尽し」、「利」は鋭い、「済」は経世済民の済で救うという意味。「海内」は天下のこと。つまり、士君子たる者は一身の利害などにケチケチせず、世の中を治めよう、救おうと心を尽くし、天下に必要欠くべからざる人物となれば、天もまた自然にその人物を欠かせるわけにはいかなくなる。これが「立命」というものである。なかなか力強い解釈であります。

ついでに一つ註釈を入れておこう。それは「立命」ということであります。何時の時代でもそうだが、人間というものは「命」の存在である。命の第一の意味は誰も知る命のこと。絶対のものである。なんで命があるんだとか、必要なんだとか、大切なんだということは意義をなさん。命というものは天地の創造である。必然・絶対のもので、何故という疑惑や打算を入れる余地のない第一原則である。天地万物の創造、あるいは変化・造化の働きで、必然のもので、動いてやまざるもの、少しもとどまることなきものである。その意味で「運命」という。運という字は、動くという字であり、巡るという字である。つまり、運命とは天地自然のもので、存在するもの一切はこの支配に服する。そこですべての存在、命をもって動くものを「生命」というわけです。

ところが、鉱物から植物になり、動物になってくるに従って意識というものが生じてくる。植物にもある程度は意識がある。最近、植物学者の書いてあるものを二、三見たことがあるが、感覚というか、ある意味の意識を持っておる植物があるようだ。となれば、生きとし生けるものみな意識を持っておる。そして、その意識の発達したものが「心」、さらに突っ込めば「魂」ということになる。つまり「生命」は性命、心、魂を持ったもの。好むと好まざるとにかかわらず、理由のなんたるとを問わず、そういうものを超越した天地創造の中の決まりきった、疑うことを許されない一つの存在である。そしてそれは、自分に始まったことではなく、天地自然と共にあるということで「宿命」ということになります。

生命は運命であるとともに宿命である。しかもその宿命は、高等生物になればなるほど、心が発達して必然的に「いかにあるべきや」という「義」の問題が生じてくる。これを「義命」と言う。人間の生命は、宿命であると同時に意識精神が発達して「義命」というものを宿す。そこで人間は宿命と同時に義命によって、よく天地の創造・造化に参して、その命を造り、義命を立てていく。これがいわゆる「立命」というものであります。

つまり、自分はどんな運命、見方を変えれば宿命によって「かくのごとく存在しておるのか」、それを常に新しく創造進化の道に従って、いかに実践していくかというのが「義命」であり、それをいかに創造していくかというのが「立命」。運命の中に宿命があり、義命があり、立命がある。運命というものは、宿命であると同時に義命であるから、立命することができます。

終戦のとき、私は天皇の詔勅に「義命」という文字を入れたかったが、当時の閣僚が「こんな難しい言葉はわからん」と言って、その言葉を避けた。そして「時運ノ赴ク所」という運命説をとった。これは実に惜しいことであった。日本の天皇、天子は最も道義の象徴であるから、「義命」を尊ぶのが天皇の道、皇道というもので、風の吹きまわしで考え行動すべき人ではない。人はどこまでも真理に従って生きる、死すべき時は死ぬ、生きる時は生きる。一に道義の絶対的なものに従う。それなのに時の起草者は「時運ノ赴ク所」と書いてしまった。戦争は負けた、これは時運だと。時の運命だから仕方がない、だから「時運ノ赴ク所」で戦争をやめる、降参するというのでは詔勅ではない。詔勅はどこまでも真理に従って生きる。「義命」なのである。だから「義命ノ存スル所」と言わなければなりません。

　これが一番大事なところだったが、残念ながら、時の内閣は「義命」なんて言葉は聞いたことがない。われわれでさえ知らんのだから国民がわかるはずないと安直に考えて「時運ノ赴ク所」となってしまった。あれは日本の戦争史上、国体史上、天皇史上、千古の惜しむべき失敗でありました。

　ヨーロッパやアジアのどこかの天子・君主なら風の吹き回しで降参することはありがちだけど、日本の天皇には絶対にあるべからざることである。本当の学問というものは一つの言葉に無限の意味があり権威がある。それが真理であり、義であるとなれば、勝った戦もやめる。場合によっては負けて国を失ってもやむを得ない。一に真理に従って思索し行動することでなければ皇道ではありません。

　常に打算してやって動くのは覇道だ。いま、中国で覇道が問題になっているが、日本の学者やマスコミは王・覇の別、王道と覇道、さらに日本の皇道をよく解明し、国民に教えるいい機会なのだ。覇道とはなんぞや、王道とはなんぞや、皇道とはなんぞやということを明らかにするいい機会が到来している。こういう問題をとらえて、意義をはっきりと解明し、国民に本当の活学、活きた教育をする。それこそが先覚者・大学者・政治家・大臣のなすべき務めである。日本はこれからこの「義命」を立てて「立命」していかなければならん。宿命観ではいかんのであります。日本はどうなりつつあるか、これをいかにすべきやという「義命」を明らかにして、それに基づいて日本の運命を「立命」していくことが絶対に必要であります。

　これは国家ばかりでない。われわれ自身もそうだ。「運命論」「宿命論」はわかりやすいけれど、「義命」となるとなかなかわからない。しかし、わからなければ本当の意味の「立命」はできない。風の吹きまわしに終わってしまう。この命の論・学、すなわち運命学・立命学・義命学、これは大変に大事な学問であります。

■政治四態、人間百色

　宇宙以来、治政の法あり、傲世(ごうせい)の法あり、維世の法あり、出世の法あり、垂世の法あり。唐虞(とうぐ)衣を垂れ、商周鉞(えつ)を秉(と)る。是(これ)を治世と謂(い)う。巣父(そうは)耳を洗い、裘公(きゅうこう)目を瞋(いか)らす。是を傲世と謂う。首陽周を軽んじ、桐江(とうこう)漢を重くす。是を維世と謂う。青牛関(かん)を度(わた)り、白鶴(はっかく)雲に翔(かけ)る。是を出世と謂う。

これ魯儒（ろじゅ）一人、鄒伝（すうでん）七篇の若（ごと）くして初めて垂世と謂う。

世の中には、国命・政命・治世・治法がある。宇宙開闢（かいびゃく）以来、世を治める規則がある。また、「傲世の法あり」、世に傲（おご）る、世間の通俗な支配、掟（おきて）に服しないというのが傲世の法である。「維世の法」がある。世の中をつないでいく。破綻（はたん）に陥ることなくどこまでも維持していく。これが「維世の法」であります。

さらに、世間の常例とか常法に従わない、そこから一歩外に出る法がある。それが「出世の法」であります。釈尊は出世の法を立てた人である。考えによっては、老子も出世の法を立てた人と言える。そんな大人物を引き合いに出さなくとも、普通の人をもってしても、必ずしも世間の法則に従わないで、それを一歩世を超出して、一段上へ出てやるというのが出世の法だ。出世というのは、通俗にはある地位や事業に成功することに使うが、この場合の出世はそういう通俗説よりもう一歩進んで、世俗にとらわれないという出世である。またさらに「垂世の法」もある。世の中に残しておく法のことであります。

「唐虞衣を垂れ」、「唐」は帝尭（ていぎょう）陶唐氏、すなわち古帝王の尭のことである。「虞」

は帝舜有虞氏、すなわち舜帝である。「衣を垂れ」は「衣を垂れ、手を拱く」を略したもので「垂拱の治」のこと、つまり古の聖天子・尭舜が平和のうちに無為にして天下を治めたことを言います。

「商周鉞を秉る」の「商」は殷王朝のこと。殷の湯王や周の文王・武王は鉞（武力）を用いて天下を治めた。これを「治世」と言います。

「巣父耳を洗い」は尭の時代の隠士・巣父のエピソードを言っている。尭が許由に帝位を譲ろうとすると、それを聞いた許由が「耳の汚れなり」と言って潁川で耳を洗ったが、巣父はその潁川の水を「汚れた」と言って渡らなかったと伝えられます。

「裘公目を瞋らす」は披裘公の故事であります。『高士伝』に、

「披裘公は呉の人なり。延陵の季子、出遊し、道中に遺金（遺ちているお金）あるを見、披裘公を顧みて曰く、彼の金を取れと。公、鎌を投じ、目を瞋らせ、手を払い、言うて曰く、何ぞ子処ること之れ高く、人を視ること之れ卑しき。五月裘を披て薪を負うとも、豈に金を取る者ならん哉と。季子大いに驚き、謝して姓名を問う。公曰く、吾子は皮相の士なり。何ぞ姓名を語るに足らんやと」

とある。披裘公は世に隠れて薪を背負ってスタコラ歩いているとき、たまたま延

陵の季子という名士と道に遭(あ)った。そこに金が落ちておった。季子が見つけて「おいおい金が落ちているぞ」と、拾わんかなと言わんばかりに注意すると、披裘公が開き直って「われは薪を負う卑しい身分だが、なんで路(みち)に落ちている金を拾うものか」と一喝した。びっくりしたのは季子である。「あんたは誰か」と聞いたら披裘公は、「お前のようなつまらない人間にわれの姓名を語るに足らん」と言ってスタコラ行ってしまったという故事でありますが、これらを「傲世と謂う」のであります。

「首陽周を軽んじ」というのは、周の武王が殷を伐って天下をとった武力革命に反抗して、周の粟(ぞく)を食(は)むことを恥じて首陽山に隠れた伯夷(はくい)・叔斉(しゅくせい)の故事であります。

「桐江漢を重くす」は後漢の光武帝の学友・厳子陵(げんしりょう)のこと。厳子陵は自分が耕読した富春山(ふうしゅうざん)の前を流れている川で釣りをしていたが、昔の友達である光武帝が官途に就くように誘っても省みなかった。しかし、それがかえって漢を重くしたという故事です。これを「維世」という。世を継ぐ「維世」であります。

「青牛関を度り、白鶴雲に翔る」を「出世」という。青牛に乗り、函谷関(かんこくかん)を過ぎて西域に入った老子。周の霊王の太子・晋(しん)が、白鶴に乗って山頂に至り、人々と別れを告げて天外に飛び去ったのも、「出世」であります。「魯儒」は、魯の儒者すなわち孔子、「鄒伝七篇」とは鄒の国に生まれた孟軻が『孟子』七篇を残した。すなわち『論語』とか『孟子』、こういうのが永遠に世に残す「垂世」というのであります。

才人は世を経し、能人は世に取り、暁人は世に逢い、名人は世に垂れ、高人は世を出で、達人は世を玩む。

才の人は世を治める。経という字は縦糸だが、織物をつくるように世の中を治めていく。いろいろの能力のある人間は「世に取る」。つまり世に処して、世間というものを材料にして自分の能力を作っていく。いろいろな仕事をする。「暁人」は悟る人、世の中のことを酸も甘いも何もかもよくわかる人。そういう人は世に合い、よくわかるから、つまらない失敗をしたり、問題を起こしたりしない。立派に処してゆく。よく「通暁」という言葉がある。「名人は世に垂れ」、いつまでも世に名を垂れる。「高人」は人格の高い人。こういう人は世を飛び出してしまう。出世、一枚上に超越する。「達人は世を玩む」、楽しむ。良い世でも悪い世でも、富めば富む、貧しければ貧しいで、子供が玩具を楽しむように、達人はいろいろいかなる境遇にあり、いかなる問題に遭うても、ベソをかかん。達人というのは世を楽しむものだ。しかし、これはなかなか現実的に難しい。

考えてみると、なかなか味がある。試みに皆さんも自分を見つめて、世を経する才人か、世に取る、世間を舞台にしていろいろの仕事をやる能人かと考えてみるとおもしろい。芸術家とか音楽家とか、政治家、いろいろ才能のある人間が世間を舞台にして成功するなど能人は世に取る。いつの時代にもスケールや質の相違はあるが、やっぱりこれだけの人間がいる。才人もおる。能人もおる。暁人もおる。名人もおる。高人もおる。達人もおる。愚人もおる。まだいろいろおる。ここでは良いほうだけ並べたが、悪いほうもたくさんある。こういう人間学をやるとまたおもしろい。

■「十如是」の深淵なる意義

『法華経』「方便品」の中に「十如是」というものがある。因果の関係を明確に説いたもので、古来有名な文献の一つで非常に普及し、活用されておる。ひと口で言えば「十如是」とは人生・世界の創造変化、つまり造化の一つの解説であります。

　第一に、われわれが体験する対象、これが「如是」。体験・現実を指している。そしてその体験・現実を映すものが「相」、現象の世界のことである。だから「如是相」は単なる幻影なのではなく、その中になんらかの意味・作用を持っておる。これを「性」と言う。「如是性」、仏典だから「セイ」と読まないで「ショウ」と読む。如是相は如是性、単なる外の現象でなくて、その中にある意味を持っておる。それにはさらに根源・本質がある。これを「体」という。如是相は如是性、その如是性は散漫なものじゃなくて、その相を統一する根源的なものがある。如是相は如是性であり「如是体」、つまり働きを成す力である。如是相、如是性、如是体、それがいろいろの働きをする。相、性、体、力、これがいろいろの意味を作す。「如是作」であります。

　そしてそれが、媒体・媒介の作用によって、如是因、如是縁、如是果となる。如是相、如是性、如是体、如是力、この因が縁によって果を生んで、果がまた反動で、如是報となるのである。因が果を生む。良いも悪いもないのが原則なのだが、どうも日本では「因果」と言うと、悪い意味に多く使うようになった。あいつは因果な奴だなんてよく言う。本来、因果にはそんな意味がない。原因から結果が生ずることなので、善因、善果、悪因、悪果。けれども一般には、因果と言えば、悪い意味に使うが、そうかと思うと果報とも言います。

　この九つの如是が循環してやまない。これが「如是本末」であり、さらに突き詰めると「究境等」である。「等」は等しいと同時に相待つで、reciprocality、相互作用をなすものである。「相」を本とすれば、「報」は末。「報」を本とすれば、「相」は末で、これは循環する。十回読めば十如是、百回読めば百如是です。

　私は時々お寺で思うことがある。僧侶たちがあれだけ良いお経を読んでくれるんだから、葬儀とか先祖供養の法要のときにこの「十如是」などを唱えるだけでなく、座に連なる人々に、しみじみ読めるような解説をこしらえて配ってやれば、非常に功徳があると思う。しかし、どこの寺の僧も一向にそういうことに気がついてくれない。このごろの葬儀などは、もっと親切で、中身のあるようにしなければいけません。

それはそれとして、この本・末というものの機妙である。突き詰めれば「等」で、お互いに等しく持ち合うのを「等持」と言う。京都に等持寺という名前の寺がある。私の友人がしみじみ言っておった。その等持寺にお参りして、その名の意味をたまたま庭を掃いていたお坊さんに聞いたら、びっくりしたような顔をして、「知りませんな」と言われてがっかりしたそうだ。そこに所属していながら名前の意味さえ知らないのです。

そう言えば、自分の名前の意味を知らんのがずいぶんおる。精一という人に「親父（おやじ）が妙な名前をつけてくれたのですけれど、私の名前になんか意味があるでしょうか」と聞かれたことがあった。相当な人だが知らない。言うまでもなく「惟（こ）れ精、惟れ一（いつ）、允（まこと）にその中（ちゅう）を執れ」という『中庸』の中の有名な言葉にあるのに、堂々たる紳士が知らない。案外人間というのは暢気（のんき）なものです。

ともかく十如是は、これを繰り返すから百如是、千如是にもなる。人間は不思議な因が縁によって果を結び、その反動・反作用が報で、相、性、体、力、作、因、縁、果、報が本にもなれば末、末が本になってこれが末になる。「本末究竟等（くぎょうとう）」、相待つ世界なのだ。すべては縁から起こるので「縁起」というが、人生のことは、縁から縁を尋ねいくことが大切で、「縁尋」と言い、「縁尋機妙」、「縁尋奇妙」という言葉があります。

先に「義命」を知って初めて「立命」することができるということを説明した。立命のためには、在来の生活・慣習・意義を改めていかなければならない。これが「改命」であり「革命」というものだ。だから「命」という一字から人間を探求していくと、道徳にも政治にもあらゆることに展開していくことができる。そして、その命の中に含まれている因果の関係を「数（すう）」というのである。「命数」である。多くの人は命数と言うと、命の数、年齢と思っておる。六十まで生きたとか、十歳で死んだとか、命数尽きてというように使います。

ところが「数」というのは、もちろん数（かず）という意味もあるけれど、本来の意味は因果の関係の複雑微妙な理法を言う。「命数に恵まれん」ということは早死にするということではない。複雑な運命の関係、理法、因果、因縁、こういうことに恵まれないということである。さらに、因果の関係が常識を離れておる。不思議である。奇妙であるということを「数奇（すうき）」と言う。数奇には良い数奇もあるし、悪い数奇もある。しかし、これも日本では習慣的に悪いほうによく使う。「数奇な運命に弄ば（もてあそ）れて」などと言うが、本来は珍しいということで、悪い意味にも良い意味にも使われる言葉です。

いずれにしても運命とは、無限の創造であり進化である。「造化」である。だから真の命とは宿命観ではなく、立命観、すなわち命には義命、意義がある、「立命観」でなければならない。運命の義を知って、運命をrecreate（再創造）していくことで、これを知らないで、必然的・機械的に縛られる宿命観にとどまるべきではない。「十如是」はそれを仏教的に教えているのであります。

■学問と超俗の気概

男子たらんとせば須らく（すべか）剛腸を負む（たの）べし。古人を学ばんと欲せば、当に（まさ）苦志を堅くすべし。

この一節は、本書では第三巻の「峭（しょう）」に入っている。「峭」という文字は山の険しさの形容詞です。そこから、人物についてもその人柄・人格に非常に厳しい、普通人から抜きんでた厳しい人間を表す「峭直」という言葉がある。どこか非常に厳しい優れたところがあるけれど、その人と付き合うと深刻だ、痛めつけられる感じがするというのは「峭刻」。世の中にはそういう人物がおります。

「男子たらんとせば須らく剛腸を負むべし」。男になろうと思ったら、剛腸を持たなければいかん。腹がしっかりと修まってないと駄目である。「古人を学ばんと欲せば、当に苦志を堅くすべし」。どんなに苦しいことにでも耐えて、自分の志を堅固にしていく必要があります。

天下の愛すべきの人は都（すべ）てこれ憐れむべきの人。天下の悪（にく）むべきの人は都てこれ惜しむべきの人なり。

愛するというのは、一面から言うなら可哀相な人間だ。「天下の悪むべきの人は都てこれ惜しむべきの人なり」、ここがいわゆる「峭」に該当する。あいつはどうも憎むべき奴だとは、惜しむべき人間だということ。世の中からちやほや言われる名士・大官という者は、たいてい皆ご機嫌取りだ。評判を気にして、人から、部下から、世間から憎まれたり、非難攻撃を受けるということが一番怖い。

これに反して、大胆不敵に誰がどう腹を立てようが、なんと悪く言われようが、そんなものは平気で自分の主義主張を通し、節操のある人、これは「惜しむべきの人」だ。天下、世の中から、いかにも愛される、可愛がられる、ちやほやされるなんていう人間は、男としては「憐れむべきの人」です。

善を為すに表裏始終の異あるは仮好人たるに過ぎず。悪を為すに表裏始終の異なきは倒ってこれ硬漢子なり。

「善を為すに表裏始終の異あるは」、表と裏とが違う、始めと終わりとが違うのは贋の好人たるにすぎない。「悪を為すに表裏始終の異なきは」、かえって骨っ節の堅い男だ。良いことをするのは結構だが、表と裏があり、始めと終わりが違うのは、いかにも好人のようだけれど、実は偽物なのである。われわれはここに気をつけなければなりません。

名を成すは毎に窮苦の日にあり。事を敗るは多くは志を得るの時に因る。

成功して名を成すのはいっぺんになるのじゃない。非常に窮苦の日に修行して、それでやっと名を成す。だから成功するか否かは窮苦の日にわかる。同じように「事を敗る」、失敗はたいてい得意・得志の時による。うまくいっていい気になる。そこから失敗する。これは大変有名な言葉で、よく床の間や軸などに見受けられる、「成名毎在窮苦時　敗事多因得志時」と。人間の成否などはこういうものであります。

能く富貴を軽んじて、一の富貴を軽んずるの心を軽んずる能わず、能く名義を重んじて又復た一の名義を重んずるの念を重んずるは、これ事境の塵気未だ掃わず、心境の芥蔕未だ忘れざるなり。此処抜除、浄からず

んば、恐らくは石去りて草また生ぜん。

「富貴を軽んずる」ということはよく言われ、またときにそんな人がいるが、その「富貴を軽んずるの心を軽んずる能わず」、富貴を軽んじる心というものは、どこかに負け惜しみとか、敵愾心とか狭量な何かがある。わざと富貴を軽んじるのではいかん。「名義」とは標榜する建前のこと。「一の名義を重んずるの念を重んずるは」とは、どうだ俺にはこういう節操があるぞ、気概があるぞというのは、やっぱり「塵気未だ掃わず」、どこか俗な脂気がある。俗気がある。「心境の芥蔕未だ忘れざるなり」、どうもまだ捨てなければならないゴミとヘタ、礙滞がくっついている。このところを抜除して、清浄しなければおそらく「石去りて草また生ぜん」、つまり富貴を軽んじ名義を重んずるのは結構なことだが、いろんな不純なものが介在しておる。考えが足りません。

富貴は大いにこれ能く人を俗にするの物なれども、吾輩をして之に当らしむれば、おのずから俗ならざるべし。然れどもこの不俗の胸襟あれば、

おのずから富貴ならざるべし。

富貴はとかく人間を俗にする。その通りである。だから富貴の人間に俗物が多い。しかし、わが友達をしてこれに当たらしむれば、「おのずから俗ならざるべし」。俗物にはならん。俗ならざるの胸襟あれば、自ずから富貴にならない。なかなか皮肉が利いている。私が富貴になったら、世間の富人・貴人のように俗物にはならん。しかし、俗にならない胸襟・精神がある私などは富貴になれんという。これは負け惜しみと思うが、しかしおもしろい。まあ、こう思っていれば間違いありません。

志は高華なるを要し、趣は淡泊ならんことを要す。

まったくこの通りです。

眼裡、点の灰塵なくして方に書千巻を読むべし。胸中、些の渣滓なくして纔に能く世に処すること一番す。

「眼裡、点の灰塵なくして」、眼中に一点の曇りもなくて、本当の読書ができる。「胸中些かの渣滓」、かすなくして明朗闊達であって、初めてみごとに世に処していける。つまり、眼中・胸中から灰塵や渣滓のようなものがなくならないと、本当の学問や本当の処世はできないと解釈するべきでしょう。

士大夫、三日書を読まずんば、義理胸中に交わらず。便ち面目憎むべく、語言味なきを覚ゆ。

この言葉はよく普及した名言である。士大夫は三日書を読まなければ哲学が胸中から消えてしまう。面の構え、人相も悪くなり、言葉も味がないような気がする。士大夫というものは、三日聖賢の書を読まんと、人間が俗になって面構えまで悪くなる。話をしても味がない。これは有名な蘇東坡と並び称せられた北宋の文人・黄山谷の有名な言葉です。日本でも五山（京都五山と鎌倉五山）の僧の間で、「東坡・山谷・味噌・醤油」という言葉が流行ったほど広く普及しておる。台所に味噌・醬油がなければならんごとくに、教養には蘇東坡と黄山谷がなきゃいかんというくらい五山の僧に影響を与えました。

先儒謂う、良心は夜気清明の候にあるありと。予以う、真の学問も亦此時を越えずと。

これは本当である。私も暁の時というのが好きだ。暗いうちに起きて、窓を開けて書斎に正座すると白々と夜が明けてくる。そこで、渋茶を啜って、読み、書きものをすると、非常に能率が上がる。そもそも精神・身心が爽やかだ。世間が森閑として、暁起というのはいい。やってみるとよくわかります。居眠りしながら夜遅くまで本を読んでるなんて何もならん。それより、朝の四時ごろに目を覚ましてさっそく顔を洗って机に向かえば、少々頭の悪い奴でも相当に本が読めます。

書を読みて倦む時、須らく剣を看るべし。英発の気・磨せず。文を作りて苦しむの際、詩を歌うべし。鬱結の懐・随いて暢ぶ。

これも誰でもわかる。こういう文をしみじみ読んでおると、なんとなくうまいものを食って腹がふくれるよりも、もっと気持ちがいい、精神が充実する。感激・感興というものが湧く。やはりこういう読書は非常に楽しい。

■世法と世縁と世情

『酔古堂剣掃』の第十一「法」の巻の解題には、

「夫れ迂腐なる者は、既に法に泥み、而して超脱なる者は、また法を放越す。然らば則ち士君子、また偏せず倚せず、放越するところなきを期して已まん」

とあります。迂遠で役に立たない者は法にどっぷりである。そして人間離れしている者は法を無視する。しかし、士君子たるものは自ら法度を重んじなければならない。やはり法則というものは度量衡、物差しである。それがなければ人間社会はふしだらな世界になってしまう。「法」の巻は五十種類の古文の中から法を立てる名言・佳句を拾い出しております。

世法あり、世縁あり、世情あり。縁は情に非ざれば断れ易く、情は法に非ざれば流れ易し。

「世法あり」。世間の中には法則・世法があり、世縁がある。人間にとって、縁起というぐらい、縁ほど大事なものはない。「十如是」で説明したように、「因縁果報」、すべては縁から起こり、因が果を結び、果がさらに報をつくる。それに従って世情、世の中の情、真がある。人間には知と情がある。知とは頭の働きで、主として理性の働きである。これに対して情は人間の精神をそのまま表現するもの。理は物事を分析するものであるから、理だけでは、とかく理屈に走りやすい。ちなみに「痴」という字がある。人間の知というものは、知的になればなるほど危険であるということだ。その意味でも概念的なあるいは論理的な知識・知能・知術というようなものは、よほど注意しないと誤りやすい。

ともかく、縁というものは非常に大事なもので、また世には世の情がある。「縁は情に非ざれば断れ易く、情は法に非ざれば流れ易し」だ。夏目漱石の小説の中に、

「情に棹させば流される、云々」

という大変いい文句があって有名であるが、法というものは情を正しくするものであり、その情を正しくすることによって世縁、世の中がまた正されるのです。

病中の趣味、嘗めざるべからず。窮途の景界、歴ざるべからず。

病気はつらいけれど、しかし、病気の中にも趣味がある。健康な人にはわからんかも知れないが、これも嘘ではない。私はめったに病気をしないが、五十幾つの年に初めて麻疹という病にかかった。風邪をひいたかと思って寝たら、恐ろしく熱が出て四十度を超した。医者も病因がわからんという。それで私の親しい医者が三人がかりで合同診察をしてもわからん。そしたら一人の医者が「子供なら麻疹だが、まさかこの老先生は麻疹ということもあるまい」と言う。そこで、私はハッと気がついた。そう言われれば、学生時分に、母がよく「お前は麻疹をしなかった」と言われたことがある。それを告白したら、三人の医者は声をそろえて、「それならもう麻疹だ」

ということになった。そうしたら、本当に子供と同じように吹き出て、一週間ばかり麻疹で寝たことがある。亡くなった小汀利得（おばまとしえ）さんが見舞いにきて、いったいなんの病気ですかと聞いたので、手伝いの者が「旦那さんは麻疹でございます」と答えた。すると小汀さんびっくりしてスタコラ帰りかけた。「どうなさったんですか」と尋ねたら「実はわしも麻疹しとらん。染（うつ）ったら大変だ」、と言うて逃げて帰ったという笑い話もあります。

しかし、熱でうつらうつらしながら考えるともなくいろいろなことを考え、そのうちにだんだん熱が下がってくると、枕元に積み上げて本を読む。なるほど病中の趣味、嘗めざるべからずとはこういうことかと、この言葉を思い出したことがある。
そして、「窮途の景界」、物事に行き詰まる途（みち）も通ってみるものです。

君子は青天に対して懼（おそ）るれども、雷霆（らいてい）を聞いて驚かず。平地を履（ふ）みて恐るれども風波（ふうは）を歩みて駭（おどろ）かず。

君子は人生行路、驚いてはいけません。

心事、人に対して語るべからざること無ければ夢寐(むび)共に清し。行事、人をして見(み)しむべからざること無ければ飲食倶(とも)に穏(おだや)かなり。

寝るという字にもいろいろある。「寝」は寝床をこしらえて横になること。そこにぐっすり寝入ることを「寐」と言い、坐りながらうとうとするのを「睡」と言う。だから坐睡(ざすい)という言葉がある。それから目を閉じて寝ることには「眠」という字をあてる。寝るにもいろいろあります。

才知鋭敏の者は宜(よろ)しく学問を以てその躁を摂(おさ)むべし。気節激昂(げっこう)の者は当(まさ)に徳性を以てその偏(へん)を融(とか)すべし。

才知鋭敏の者は学問をもってそのがさつさを治めなければならない。清(しん)末の英雄にして哲人であった曾国藩(そうこくはん)の座右には「四不訣」の言葉がありました。

「激せず、躁(さわ)がず、競わず、随(したが)わず」

の四つの「不」訣である。

人間は才だの、知だの、腕が立つと、どうしてもガサガサする。非常にダイナミックな動的なものだからバタバタする。とかく才人は理屈を言う。余計なことを考える。そして、どうかすると軽薄になり、がさつになる、「激、躁、競、随」をするその躁を治めてしっとり落ち着かなければならん。「気節激昂の者」、非常に気概があり節操があって激しやすい。興奮しやすい。そういう者は、まさに「徳性」をもって、偏るのを融かすべしであります。

才人の行は多くは放なり。当に正を以て之を斂むべし。正人の行は多くは板なり。当に趣を以て之を通ずべし。

才人の行いは多く放埒になる。だから、正義をもってこれを収斂するべきである。正しい人の行いは、多くは「板」、ひらべったく単調である。型にはまっておもしろくなくなる傾向がある。だから「趣を以て之を通ずべし」、趣味、あるいは芸術をもってこれを通ずべし。つまり風流味・芸術性、そういうものが出てこなければいけません。

小嫌を以て至戚を疎んずること毋れ。新怨を以て旧恩を忘るること毋れ。

「小嫌を以て至戚を疎んずること毋れ」、ちょっと嫌だなというので、親戚を疎んじてはならん。親しいほど、親戚の遠慮のない者ほど、ちょっとしたことで嫌になる。それが気になってとかく疎遠になる。世の中にはよくあることだ。それに類して、新たなる恨み、新たに経験する恨み「新怨を以て旧恩を忘るること毋れ」。これも人生の交游の中によくあることだ。あいつならなんとかしてくれそうだ。何もやってくれんと新たな恨みをもって、古くからの交わり、恩義を忘れてはいけません。

伺察以て明となす者は常に明によりて暗を生ず。故に君子は恬を以て智を養う。奮迅以て速かならんことを求むる者は多く速によりて遅を致す。故に君子は重を以て軽を持す。

「伺察」はいろいろ立ち入って観察する、あら探し、疵探しする。人間関係などで立ち入って観察して、それが明智、頭がいいことだとする者は、明によって暗を生ずるという。疑ったり詮索したりするとかえってわからなくなる。根掘り葉掘りする深刻な性格の人は、とかく厭世的になったり、人に対して猜疑心が強くなったりする。だから「君子は恬を以て智を養う」のだ。「恬」は静か、あっさりしていること。つまらないことを気に掛けないことによって、本当の智恵を養うことができます。

「奮迅」、元気を出してスピードを出すこと。仏典にも「獅子奮迅三昧」なんて言葉がある。獅子が憤然として飛びかかる、あの勢い、あの努力をもって事に当たる。大変な元気で「奮迅以て速かならんことを求む」、即決しようという者は、多くそのために遅れてしまう。「故に君子は重を以て軽を持す」、つまり軽重を案配する。「獅子奮迅三昧」は『法華経』の「湧出品」の中にある名高い言葉であります。

中人を看るには大処走作せざるにあり。豪傑を見るには少処滲漏せざる

にあり。

「中人を看るには大処走作」、つまり大切なことをバタバタとやってしまう。慎重さがない。「豪傑を見るには少処滲漏せざるにあり」、豪傑というのは、ちょっとしたところが漏れる。ちょっとしたところに手抜かりや失敗や傷がある。そこを、その過ちがないようにするのは、豪傑にとって大事なことだ。豪傑は欠点がありがちだけれども傷物ではいかん。大人あり小人あり中人あり下人がある。中人は普通の人です。

富貴の人を待つは、礼あるに難(かた)からずして体(たい)あるに難し。貧賤(ひんせん)の人を待つは、恩あるに難からずして礼あるに難し。

富貴の人、金持ち、地位・名誉のある、そういうような人を待遇するときには誰だって礼を整える。それは難しいことではない。けれども、その礼は阿諛(あゆ)して卑屈にならないように、しっかりした構えがなければならない。また、「貧賤の人を待つ」、待遇するにはできるだけのことはする。これは恩だ。無礼にならんように、尊敬・敬意というものを失わんようにするのは難しい。これも世の中によくある切実な問題であります。

第五章――智者の達観

貪（むさぼ）る者、足るを知る者

交友の先には宜（よろ）しく察すべし。交友して後には宜しく信ずべし。

友達と交わる。友誼（ゆうぎ）・厚誼、これから友達になるというときには、先んじてよろしく察しなければならない。充分観察しなければならん。しかし、交友を一度相許したなら後にはよろしく信ずべし。これもなかなか切実な格言であります。「察」という字はよくできた文字で、ウ冠の下に祭という字を入れてある。祭という字の向かって左側は肉（月）です。右は手（又）である。下の示すは文字学によって、上の二本は上を表し、下は神なるものの光を表す。神に物を供える台の象形文字だとも言えます。要するに尊いものに対して捧げるという文字であるから、察するというのは、つまり敬虔（けいけん）な気持ちで観察することを言う。したがって、交わる先に充分観察する。この人は本当はどういう人だろうか、いろいろの問題を充分に明らかにする。しかし、いったん友誼を結んだ後には、信じなければならん。いつまでも疑っておってはいけない。失礼であります。

一心以て万友に交わるべし。二心以て一友に交わるべからず。

いい言葉であります。

喜に乗じて軽諾すべからず。酔によって嗔を生ずべからず。快に乗じて事多くすべからず。倦に因って終を鮮なくすべからず。

「喜に乗じて」、軽々しく応諾してはいけない。酔によって怒りを生ずべきではない。快に乗じてことを多くすべからず。倦、倦むことによって終わりを少なくすべからず。あるいは終わりをなくすべからず。これは実に切実な言です。

好醜の心太だ明なれば物契らず。賢愚の心太だ明なれば人親しまず。須らく是れ内精明にして外渾厚なるべし。好醜両つながらその平を得、賢

愚共にその益を受けしむれば、纔かにこれ生成的徳量なり。

好醜の心が甚だ明らかすぎると物はぴったりいかない。そして「賢愚の心太だ明なれば人親しまず」である。こいつは頭がいい、こいつは馬鹿だというような、そういう批判があまりはっきりしていると、人は親しまない。批評・批判の対象になるのは誰だって嬉しくない。人間はすべからく内を清明にして、外を渾厚にしていなければならない。人に対して、内面的にはどこまでも清明である。よく目がきいておるが、外は渾厚。あまり分析的・観察的ではいかん。円満で厚みがあるものでなければならん。そうすると、好きも醜きも二つながら、その平を得る、公平を得る。「賢愚共にその益を受けしむれば」、賢も愚もともに交わりの益を受ければ、それでこそ生成的徳量となります。

天地万物を生成化育するのは、すなわち造化の働きである。その造化が万物を生みなす働きを自分の精神、自分の体に体現することが徳量である。人間の徳をよく度量衡にかける。長さを測るのは度、物差しである。量は升、内容・分量を量る。衡は秤の棹のことで、分銅は権であります。人間の徳というのは、人を容れる量に当たる。「内精明にして外渾厚なるべし」というのは、それでこそ均衡が保たれ、つまり平均していることで、それでこそ生成的徳量ということができるのであります。

事を処するには斬截（ざんせつ）ならざるべからず。心を存するには寛舒（かんじょ）ならざるべからず。己れを持するには厳明ならざるべからず。人に与（くみ）するには和気ならざるべからず。

「斬截ならざるべからず」とは、斬も截も切るで、すっぱり断つことだ。心を存在させるのには「寛舒ならざるべからず」。緩やか、伸びやかでなければならん。「己れを持するには厳明ならざるべからず。人に与するには和気ならざるべからず」であります。

有名な言葉としては崔後渠（さいこうきょ）の「六然（りくぜん）」という格言があります。「六然」は勝海舟がよく揮毫（きごう）した言葉です。

自ら処すること超然
人に処すること藹然
有事に処すること斬然
無事に処すること澄然
得意に処すること澹然
失意に処すること泰然

■真実、平生を検する

人情に近からざれば世を挙げて皆畏途なり。物情を察せざれば一生倶に夢境なり。

これは『酔古堂剣掃』の第一巻の「醒」に出てくる言葉である。その序説に、「天下は竟に昏迷不醒なり。安んぞ一服の清涼を得て、人々をして醒を解かしめん。

醒第一を集む」とあります。天下は混迷不醒である。そこで一服清涼の人を得て、胸がすっとする水なり薬なりを飲んだように、迷うて醒めない人々の悪酔いを醒めさせてやりたいものだというのであります。「人情に近からざれば世を挙げて皆畏途なり」とは人情を得ない、人情がピッタリ来ないと世を挙げて、人の世の中は実に怖い道である。警戒しなければならない。人情というしみじみしたものがあって初めて人生行路が美しく和やかに行けるので、人情に近くない、人情に反するとなると世の中は難しい。「物情を察せざれば一生倶に夢境なり」、物事がいかにあるべきかという実情を察しないと、人間の一生とは何がなんだかわからん、夢のようなものだという。だから、人情と物情を明らかにすることは、非常に大切なことである。それはすなわち、われわれをして醒ましめることだ。そうでないと、酔ったような、惑うたような、曖昧模糊を免れん。人間は醒めなきゃいかん。ところが、天下は混迷して暗く迷うて醒めない。危なっかしい。

事窮し勢蹙まるの人は当にその初心を原ぬべし。功成り行満つるの士はその末路を観るを要す。

事に窮し、勢いのちぢまった人は、「当にその初心を原ぬべし」である。もがけばもがくほど駄目になる。初心に立ち返りなさい、振り出しに戻るがいいということだ。いろいろ仕事を仕上げ、業績も円満にやった人はその末路を見るがいい。気になるというと末路を誤る。「初めあらざるなし、よく終わりあるは少なし」という有名な格言である。

イギリスの有名なニューマン卿の格言に、

「人その生の終わりに到らんことを恐るるなかれ。むしろいまだかつて始を持たずして終わらんことを恐れよ」

とある。人間は終わりが近づくことを心配するな。それより、いまだかつて始めらしいことを持ったことがないことを恐れ、悟らなければならん、と教えている。いい格言であります。人間いい歳をして、さて俺は何をやったかといろいろと考えてみると、良心が頷くような、満足するようなことは別段何もやっておらん。功成り、行い満ちたという人でも、やっぱり初心に返ることは非常にいい。そうしないと、案外末路がどうなるかわからん。末路を見るを要するである。初心をたずねることを失わんようにしなければなりません。

心上の本来を完くし得て方に心を言了すべし。世間の常道を尽し得て纔かに出世を論ずるに耐う。

心上の本来の仕事、心に抱いた理想とか主義・目的を完結させて初めて「心」と言える。言い終わるべしなんて読むよりは、了は助動詞ですから、言了すべしがいい。世間の常道を充分実践しえて、わずかに出世を論ずるに耐う。世の中を出る、世の中を超越する。例えば出家などというのも、一つの出世であるし、隠遁なんてなこともやっぱり出世である。あるいは何か学問・芸術というようなものに没頭すること、そういうことは、みないろいろの出世に属することです。

よく出世を論ずる人が、俺はこういう理想・芸術に生きるんだ、俺は学問に生きるんだ、だからそんな世俗の礼儀作法なんていうものは構っておれん、というようなことをよく言う人がおるが、それはいかんと言う。世間の常道を充分に実践して、そうして初めて出世・世外、超世、世を超えることを論ずることができる。世の中のことをろくろく処理しえないで、出世を論ずるなんてことはもってのほかだ。そういうのは世を逃れる、逃世と言う。あるいは避世、世を避けるというものです。

山棲はこれ勝事なるも、稍々一たび縈恋すれば則ち亦市朝なり。書画の賞鑑はこれ雅事なるも、稍々一たび貪痴すれば則ち亦商賈なり。詩酒はこれ楽事なるも、少しく一たび人に狥えば則ち亦地獄なり。客を好むはこれ豁達の事なるも、一たび俗子の為に撓さるれば則ち亦苦海なり。

人間というものは難しいものである。世俗・通俗を離れて山に棲むということは俗を離れた優れた生活であるが、何か執着があって、住まいは山にあるが、何か心にまといつくことがあると、山に住んでみても、市中に生活しておるのと同じことです。

書画の鑑賞もひとたび貪りはじめると商売人となる。詩を作り酒を飲むことはたしかに楽しいことだが、ひとたび人のご機嫌取りをするような飲み方をすれば、これは辛い、地獄である。客を好むことは闊達なことだけれど、ひとたび俗物のために乱されれば、すなわちまた苦界なりである。客を好んで愉快に宴席でも楽しむ、これはたしかに賑やかでいいことだが、くだらん人間、俗物が入ってきて、悪酔いしたり俗談したりすると宴席は苦界となる。誠に見苦しく聞き苦しい。

勝日に遇い好懐ある毎に手を袖にして古人の詩を吟ずれば足る。青山秀水眼に至れば即ち舒嘯すべし。何ぞ必ずしも籬落の下に居りて然る後に己が物と為さんや。

景色も天気も気分もいい、そういう日に懐手をして古人の詩を吟ずればそれでいい。青山秀水が眼に入れば緩やかにのんびりと吟嘯する。何も別荘なんかを造って、その後を維持するのに、こせこせ余計なことをする必要があろうか。風流とはそんなものじゃない。手を袖にして、古人の詩を吟ずれば、それで充分風流であり贅沢です。

片時の清暢は即ち片時を享け、半景の幽雅は即ち半景を娯しむ。必ずし

も更に姑待(こたい)の心を起さず。

「姑待の心」とは、しばらく、まああという意味。せっかく来たのだから、ああもしたい、こうもされたいといった姑息(こそく)な心を言います。片時のエンジョイは清くのんびりする。半景の幽雅は、ちょっとした趣はそれなりに楽しむ。どうして姑息な心を起こそうとするのか。随処に主となれば皆真なりであります。

得るを貪る者は身富(と)みて心貧し。足るを知る者は身貧しくして心富む。高きに居る者は形(かたち)逸して神(しん)労す。下(ひく)きに処(お)る者は形労して神逸す。

得るを貪る者は身富みて心貧しい。足るを知る者は身は貧しくとも心は富む。高きにおる者は形は楽だが、精神は疲れる。低きにおる者は、形は労しても心は楽だ。

真を保つには思を少くするに如(し)くはなく、過を寡(すくな)くするには事を省くに如くはなく、善く応ずるには心を収むるに如くはなく、醪(ろう)を解くには志

を澮（あわ）くするに如くはなし。

心を保つには、思いを少なくするにこしたことはなく、過ちを少なくするには、事を省くにこしたことはなく、よく応ずるには、心を修めるにしくはない。「醪を解くには」、酒の酔いを解くには、志を淡くするにしくはない。そうすると、人生行路に悪酔いしない。「醪」というのは「どぶろく」のことで、それに対して、きついのは焼酎の「酎」であります。

静座して然（しか）る後平日の気の浮（ふ）なるを知り、黙を守りて然る後平日の言の躁（そう）なるを知り、事を省きて然る後平日の間を費すを知り、戸を閉じて然る後平日の交の濫（らん）なるを知り、欲を寡（すくな）くして然る後平日の病多きを知り、情に近づきて然る後平日の念の刻なるを知る。

「刻」は断ち切ること。したがって深刻とか惨刻、刻ということは刻むという字であるから、断ち切ることを言う。言われてみるといちいちもっともである。心を放下することは得道である。思い切って執着を断つ。とらわれない。これは学問修養の一つの秘訣でもあります。熟読玩味（がんみ）すると、どの言葉も実におもしろい。

■「倩」「奇」「綺」

何度も言うように『酔古堂剣掃』は古人の会心の語句を書物の中から拾いだした記録ですから、ちょっと見ると連絡のない、雑駁（ざっぱく）になりやすいように思うが、その一つひとつに非常な見識やら趣味、いろいろの体験が含まれており、非常な活学になる。生涯楽しめる。それは分量の問題ではなく、一つひとつの言葉の深さを楽しむ、生かすということを忘れぬようにして活読してほしいというのが、私の希望です。本来なら言葉の一つひとつの解釈をしていきたいが、意訳はそう難しくはないので、時間の関係もあり、最後に注目すべき言葉の数々を抽出しておきました。一つ声を上げて読んでもらいたいと思います。

嬾（らん）には臥（ふ）すべし、厠（はな）つべからず。静には座すべし、思うべからず。悶に

は対すべし、独なるべからず。労せば酒のむべし、食うべからず。酔えば睡るべし、淫すべからず。

これは『酔古堂剣掃』の筆録で、最も有名なというか、徳川時代や明治時代の人が愛読して引用・活用したものです。「嬾には臥すべし」、嬾という字はおんなに頼（頼は頼の旧字）という字、ものうい、だれておるということだ。人間はものうい、気合がかからんときには、ぐずぐずせずに寝てしまえという。たわいもないことに時間を無駄つぶしするよりは、ものうければ寝ろ、フラフラするな。「静には座すべし」、静かで落ち着いたときには静座しろ。坐禅でもいい、とにかく坐れ。思うべからず。くだらないことを考えてはいかん。「悶には対すべし、独なるべからず」、人間はとかく煩悶しがちであるが、そんなときは差し向かいになれ。独りだとどうしても考えこんだり、まごまごしたり、ろくなことはない。愛読書に対してもいいし、あるいは自分の尊敬する友達に対してもいい。あるいは青山に対してもいい、とにかく何かできるだけ意義あり、権威あるものに対せよ、差し向かいになれとい う。「労せば酒のむべし」、疲れたら酒を飲め。酒飲むことに決まっておる。もちろん、人によっては茶でもいい。「労せば酒のむべし、食うべからず」だ。疲れて食うと胃に悪い。時によって腹を壊す。その点酒がいい。そして「酔えば睡るべし、淫すべからず」である。これもなかなかよく利いておる。押さえが利いておる。これは「五不可」といって、有名な格言である。よく引用されるが、たいていの人間はこの逆をやっています。

花は半開を看、酒は微酔を欲す。

これも大変に有名な言葉だ。「酒は微酔を欲す」、ほんのり酔うのがいい。ほろ酔い、へべれけになるのはいい飲み方じゃない。

荀令君、人の家に至るに、座する処常に三日香し。

第七巻の「韻」におさめられてある。後漢に荀淑という名士がおった。非常に風格の高かった人であります。子供が八人おって、しかも全員とも傑物であったので、時の人々はこれを八竜と言った。『三国志』に登場する魏の曹操の参謀総長であった荀彧も荀淑の孫で、諸葛孔明と並び称せられた英傑であった。その荀淑先生を見ると、風格が実に香りの高い人で、坐するところ常に三日芳しいという。

高品の人は胸中洒落、光風霽月の如し。

「胸中洒落」の洒は洗うという字で、さっぱりしていることです。落は、こだわりのない、おおまかで線の太いことを言う。品格の高い人は、胸中が洒落で、いかにも雨上がりの日光に輝く草木に吹き渡る風のようです。

肝胆相照らせば、天下と共に秋月を分たんと欲す。意気相許せば、天下と共に春風に坐せんと欲す。

お互いに心の中を打ち明けて、気が合う、精神的にピッタリする人間同士はこれぐらい楽しいことはない。「天下と共に秋月を分たんと欲す」、秋の月というのは心が澄んで、清くきれいだ。「意気相許せば、天下と共に春風に坐せんと欲す」。こういう人物は多くの人間の模範である。仰ぎ見るところである。男らしい快楽の代表的なものとしてよく引用される。読むだけで気持ちがいい。こんな友達はなかなか得られないというけれども、そもそも自分もそれだけの人間にならなければなりません。

生平恙なきを願う者四。一に曰く青山、一に曰く故人、一に曰く蔵書、一に曰く名草。

平生無事であるようにと思うものが四つある。第一は青山。刮目されるというか、度肝を抜かれる。そしてなるほどと思う。私はよく汽車などで、窓から実にいい風光の特色のある山肌などを痛々しいように削ってしまって、何を掘り出すのか、何を建てるのかわからない風景を見たときにこの句を思い出す。それから故人、昔馴染みの友達である。あれはどうしておるか、無事かなと、しみじみと響く言葉であります。その次は蔵書。大事にしまってある書物が虫くったり鼠に齧られたりすると本当に痛いものだ。最後は名草である。これは草でも単なる草ではなく、盆栽の珍しい木もみんな含んでおります。

盆栽家の親友が、秘蔵の梅鉢を持ってきてくれる。この梅は百年も経っておる大変な古木で、私が「十万か二十万円するだろ」と聞いたら、「どうして単位が違います」と言っておったが、それはみごとなものです。古色蒼然として見れども飽かず。こんなときによく「名草」を思い出します。

遠山は秋に宜しく、近山は春に宜しく、高山は雲に宜しく、平山は月に宜し。

『酔古堂剣掃』は十二巻からできておりますが、最後の巻に「倩」を置いておる。その倩の中に、なかなかおもしろい言葉がある。まず竹を置いています。

翠竹碧梧、高僧奕に対し、蒼苔紅葉、童子茶を煎る。

奕は碁・将棋。蒼い苔、その上に紅葉が散っておる。閑静なお寺か庵で、そこに童子が茶を煎じておる。この結びがいい。これこそが「倩々」（美好）であります。

雪後の梅を尋ね、霜前の菊を訪う。

雪のあとに梅の花を尋ねる。霜前の菊を訪う。これも倩々だ。ついでに倩の三つを挙げておる。これがまた大変におもしろい。

心中の事、眼中の景、意中の人。

心の中にあること、眼の中にある景色、心の中の人、忘れられない人物は皆意中の人である。「倩」というのは元来、男あるいは婿さん、男子の美称である。男振りがいい、男らしいという意味になります。

花には水影を看、竹には月影を看、美人には簾影を看る。

花には水に映った花の影を見る。花が水に映っておるのはいい景色だ。これはたしかに珍しい奇である。それから、竹には月の影を見る。竹を見るには月影がいい。絵にも詩にもなる。これもまた奇、珍しいことである。「美人には簾影を看る」はおもしろい。美人は簾（すだれ）を隔てて看るという、なかなか凝ったものであります。あまり近々と見るとアラが見えたりする。簾を隔てて見れば少々不美人でも美人に見えます。

俊石、画意あるを貴ぶ。老樹、禅意あるを貴ぶ。韵士（いんし）、酒意あるを貴ぶ。美人、詩意あるを貴ぶ。

俊石は非常に特色のあるいい石。ちょっと絵に画きたいといった俊石には画意がある。老樹は年経た樹木だ。老いたる木は禅味がある。それから韵士、リズミカル、俗でないどこか音楽的なところがある人。その韵士はほろ酔い、酒意がある。品のいいできた人が一献傾けてちょっと酔っておるというのはいいものだ。そして「美人、詩意あるを貴ぶ」と結んでいる。『酔古堂剣掃』の特徴はすべて結びが素晴らしいということである。美人であるけれど一向詩がない、リズムがないと人形みたいでおもしろくない。美人、詩意あるはまさに「綺」であります。

■十年の塵胃（じんい）を洗う

君と一夕話（せきわ）、読むに勝（まさ）る十年の書。

これは中国の君子たちの情である。君と一夕話をする、読むにまさる十年の書。いい言葉であります。君と一夕語るのは、十年の読書より有益だ。十年も読書し勉強したよりも君と一夕会って話したほうがずっといい。

忠臣孝子は鐘情（しょうじょう）の至りに非（あら）ざるなし。

情のこまやかなるを鐘情と言う。忠臣孝子とはいわゆる道義的・道徳的に解釈するから堅苦しくて肩が凝る。しかし、本当の忠臣孝子というのは情のあつまり、情のいたれる者だと言うのです。

静中の楼閣、深春の雨、遠処の簾櫳(れんろう)、半夜の灯(ともしび)。

これも名文句の一つである。静かなしんとした所に楼閣が建っておる。時はちょうど春の暮れ。雨がしとしとと降っておる。向こうの遠い所に簾のかかった窓がある。夜も浅い、灯火がついておる。これは七律の詩の連句でありますが、

静中の楼閣深春の雨
遠処の簾櫳半夜の灯

いい情景であります。簾の灯火の奥にどんな美人がおるかと思わせるような句です。

智者は命と闘わず。法と闘わず。理と闘わず。勢と闘わず。

これは第四巻の「霊」篇に入っている言葉であります。この場合の「霊」はいわゆる魂という意味ではなくて、もっと神秘的なことを言っている。精神的・霊的・神秘的という意味を持っている。「智者は命と闘わず」、智者は運命、絶対的な作用とは闘わない。それと闘ってもしょうがないからだ。同じように、法とも闘わない。同時に真理とも闘わん。それから勢いとも闘わない。勢いには時勢もあり、運勢もあり、いろいろの生がある。一つの方向に向かって、絶対的な力をなすものであるから、それと正面衝突はしない。乗ずるということはやる。あるいは避けるということはやる。いろいろ対応の仕方があるけれども、闘う、衝突するということはやらない。命というものをよく知っているからであります。

有尽の身軀を看破すれば、万境の塵縁おのずから息む。無懐の境界に悟入せば一輪の心月独り明らかなり。

いつか尽きる限られた体であると看破すれば、いろいろな世俗の縁とかつながりはあまり苦にしない。自ずからやむ。人生五十年か七十年か、時あってか尽きる。いつまでも生きるというものでないことがわかれば、「無懐の境界」、世俗の煩雑さにとらわれないという境涯、そこに悟入すれば、天に一輪の名月がかかるように、胸中に悟りが宿るのです。

跡を塵中に混じて物外に高視し、情を杯中に陶して心を篇詠に潜め、名を一時に蔵して千古を尚友す。

「跡を塵中に混じて物外に高視し」、身は世俗の中にあっても、心は物の外に立って、大所高所から観察し、自由に思考すれば、という意味。「情を杯中に陶」す、つまり、情を酒で清める、酒を汲んで情を陶冶する。詩を創ったり文章を書いたりして心を潜める。われわれの生存、生きておるのは、ほんの一時のことである。名誉だとか名声だとかあるが、一時のものでしかない。しかし心というものは、精神的な交わりは永遠を友にしています。

聖賢を骨となし、英雄を胆となし、日月を目となし、霹靂を舌となす。その心胸を坦易にし、その笑語を真率にし、その礼数を疎野にし、交友を簡少にす。

いずれも大胆な決意である。「その心胸を坦易に」する。思想・情緒、そういうものを平らかにする。シンプルでいい道をつける。「その笑語を真率にし」て、自然・素直にして、「その礼数」、いろいろの儀礼とか、人間のいろいろな因果関係をなるべく粗野にする。文人・墨客・田園・山野、そういうところを求めて付き合う。そこで交友をできるだけ簡にして少なくする、これが真人の生活の原則であります。

神人の言は微。聖人の言は簡。賢人の言は明。愚人の言は多。小人の言は妄。

微は微妙の微であります。「神人の言」、神のような人の言は非常に微妙だ。聖人の言はダラダラと複雑なものではない。非常に洗練されている。「簡」は選ぶという意味があり、英語でシンプリシティーと言う。複雑なるものが統一されて、単純化した場合に簡、あるいは易（い）と言う。聖人の言は洗練されておるから、簡である。賢人の言は明である、はっきりしている。愚人の言は何やらごたごたしている。多くの人間、衆人の言は多である。そして、小人の言はでたらめである。暴言・妄語が多いのです。

人生足るを待たば何の時にか足らん。未だ老いずして間を得ば始めてこれ間なり。隠逸（いんいつ）林中、栄辱（えいじょく）なく、道義路上、炎涼なし。

これらは第五巻「素」の中にある。人間はなるべく歳をとらないうちに考えなければいかん。うるさいところから抜け出る、隠れれば俗世間のような栄辱もない。道義に生きる人には、暑いの寒いのと言うことがない。実に皮肉な表現であります。

少（わか）くして琴書を学び、偶々（たまたま）清浄を愛す。巻を開きて得るあれば、便（すなわ）ち欣（きん）

然として食を忘れ、樹木交々映じ、時鳥声を変ずるを見てはまた復た歓然として喜ぶあり。常に言う、五六月北窓の下に臥し、涼風暫く至るに遇えば、自ら羲皇上の人と謂うと。

「清浄」は老荘趣味のこと。「時鳥」、春夏秋冬の季節の鳥の「声を変ずるを見て、歓然として喜ぶ」。常に言う、五、六月には北窓のもとに寝転び、涼しい北風がしばらくいたるにあえば、自ら伏羲とか神農のような古代の理想的帝王が無為にして治めた時代の人間である。「歓然」の歓という字は懽・驩と同じく喜び勇むというように用いられる。「欣然」の欣は欣喜雀躍。浮き立つような喜びに使う。また「悦」は中心にしっとりと落ち着いた喜び。「怡」は落ち着いて和楽するさまを表しています。

古人特に松風を愛し庭院皆松を植う。其の声を聞く毎に欣然としてその下に往いて曰く、此れ十年の塵冒を浣い尽すべしと。

古人は特に松風を愛して庭や院内にみんな松を植えた。その松風の声を聞くたびに、欣然としてその下に行って、「十年の塵胃を浣い尽すべし」と言うた。世俗の中に生活して、ずいぶん健康を害した。十年の塵胃を洗い尽くすことができる。古人の風懐であります。

清の品(ひん)五あり。標致を観(み)て俗を厭(いと)うの心を発し、清潔を見て出塵の想を動かす。名づけて清興という。好んで書史を畜(たくわ)え、能(よ)く筆硯(ひっけん)に親しみ、景物を布(し)いて趣あり、花木を種えて方あり。名づけて清致という。紙裏(しか)中銭を窺(うかが)い、瓦瓶(がへい)中粟を蔵し、荒野に困頓(こんとん)し、血属に擯棄(ひんき)せらる。名づけて清苦という。幽僻(ゆうへき)の耽(たのしみ)を誇りて高となし、言動の異を好みて標して放となす。名づけて清狂という。博(ひろ)く今古(きんこ)を極め、情を泉石に適し、文詞煙霞(えんか)を帯び、行事塵俗を絶つ。名づけて清奇という。

「標致」は立て札、建前、あるいはスローガンと言ってもいい。「標致を観て俗を厭うの心を発し」とは、嫌なこと。道標には俗なものが多い。それから転じて、その人の標致だ。人間の建前を見て俗を厭う心を発する。例えば、代議士だとか大臣だとか見ておると、得々として壇に登って、身振り手振りから始めていろんなスローガンを出したりしている。あれがみな「標致」であります。あれを見て俗を厭う心を発するのであります。

「清潔を見て出塵の想を動かす」、人間がいかにも洗練され、綺麗なのを見て、塵埃の現実を脱出したいという世間解脱の心を動かす。「好んで書史を蓄え」とは、老子とか荘子という古人の書・全集を集めて、筆硯に親しみ、四季折々の自然の家具調度品を調えて趣がある。あまり凝った人工的なものじゃない。庭には花やら木を植えて、それにはやはりちゃんと法があって、つまり植え方、花木の配置の仕方、美の法則があるから「清致」という。銭を貯めたり食い物を蔵したりして、そして荒野に苦しみ、親族にのけものにされる。昔から偏屈な学者・芸術家などにはこういう人がよくあるが、そういう人に限って、付き合いというものが悪い。だから誰もがあれは偏屈人だと相手にしない。荒野に苦しみ、つまずく、血属にしりぞけられるから名づけて「清苦」と言う。「幽僻の耽を誇り」、片田舎で楽しみを誇り、言動の異を好んで自由自在に放つ、名づけて「清狂」と言う。「博く今古を極め、情を泉石に適し」て、文章・詩句を作り自然の趣を持ち、まったく世間から隔絶しておる。名づけて「清奇」と言う。日本では一休和尚とか、越後の良寛とか芭蕉のような人であろう。清らかだが奇抜です。

どうやら、『酔古堂剣掃』の片鱗（へんりん）に触れたような気がします。暇があれば十二巻をすべて愛読して、本当に心境を豊かにすることができます。われわれの英気・情操を養うのに、たしかに役に立ちます。ですから、徳川時代・明治時代の文人・墨客・読書人は『菜根譚』よりも愛読したのであります。

あとがき　「簡明が蔵する無限の味わい」——東洋アフォリズムの系譜——

「凡て実在するものの本然の姿は何かというと、非常に複雑な内容を持ったものが、極めて単純な形を取る。（略）すべて生というもの、生きる姿、生きる力というものは、極めて複雑なものが単純な形を取って存在している。

言葉でもそうです。人間の言語というものは、複雑な内容を持って、それが単純明晰な表現にならなければいかん。徹底して言うならば、片言隻句に表現される——そういう言葉・文句ほど尊いのです。だからえらくできた人の言葉は単純です。（略）だから、古来本当に人を動かしてきた言語・文章などは、共通して単純明白な形を取っておる。銘とか箴とか、詩偈（しいげ）がその例である」（『活眼 活学』所収「座右銘選話」）

まことに簡易にして達意の説明であるが、この言葉通り、安岡教学においては、古賢先哲の教えや真理を、片言隻句に集約した箴言（しんげん）・格言・清言・詩偈を重視し、簡明が蔵する無限の味わいを尊んできた。こう見て来ると、心ある人びとを魅了してやまない安岡教学の淵源の一つに東洋アフォリズムの古典があったと言えるであろう。

更に言えば、忘れ去られようとしていた東洋アフォリズムの古典的諸傑作が、安岡教学によって活学され、活きた人物学・実践的人間学のまたとない素材として現代によみがえったとも言えよう。

『酔古堂剣掃を読む』のあとがきのはじめに、東洋アフォリズムの系譜について考察を試みてみたい。

世界に冠たる東洋アフォリズム

宗教・哲学・思想等を含む広義の文学にアフォリズム（aphorism）というジャンルがある。近世フランスのモラリスト、モンテーニュの『エセー』（随想録）、パスカルの『パンセ』、ラ・ロシュフコーの『箴言集』等の傑作もよく知られているが、東洋においては、明末清初がその黄金時代で、片言隻句に東洋独特の哲理や風韻をこめたアフォリズム作品は、質量ともに世界に比類なきものがあった。

かつて安岡正篤先生は、東西思想の一般的差違に触れて、「西洋が概念的思惟に偏して論理を重んずるのに対して、東洋では、実在を端的に把握し、人為を去って自然の生命を感得しようとして著しく直観が発達している」と考察されたが（『日本精神の研究』）、この東洋思想の特性が、簡明で端的な表現の基盤になったのである。「聖人の言は簡、賢人の言は明」といわれるように、『論語』以来、東洋の古典は、簡明で端的な表現を伝統としてきたのであった。

儒教のルネサンスとされる宋学が、禅と老荘思想の影響下に興ると、この傾向は、更に一段と進むことになった。

「拈華微笑（ねんげみしょう）」以来、「以心伝心」「不立文字（ふりゅうもんじ）」の伝統をもち、語録や偈を尊ぶ禅と、「知る者は言わず、言う者は知らず」として寡黙を貴ぶ老荘思想の影響を受けて、本来、片言隻句に深い真理を寓する儒教の伝統に一層の拍車が掛けられたのである。

これに加えて明代中期以降、読書人の間に儒・仏・道三教兼修の風潮が広がり、この傾向を更に促進することとなった。

このような歴史的経過を経て、明末清初、統合・集大成された東洋思想の内容を片言隻句に寓した東洋アフォリズムは、質量ともに世界に比類のない盛行を見ることになったのである。

東洋アフォリズムの諸傑作

　その先駆的存在として、明代初期の儒学の粋と称えられた薛瑄（号は敬軒）の『読書録』と『従政名言』並びに胡居仁（号は敬斎）の講学の語録『居業録』を挙げることができる。両者共にわが国でも、江戸時代を通して読み続けられたほどの名著であった。

　東洋アフォリズム三大傑作とされる第一は、明末の大儒呂坤（号は新吾・心吾）の語録『呻吟語』である。自ら深く修養に志し、自ら反省し、自ら欠点を検察し、過失を指摘、奮励努力して精神を鍛錬し、円満な人格を完成しようと勇往邁進する語を記録した省察克治の告白的大著であった。

　それだけに内外の修養に志ある真摯な学者に与えた影響は、抜群のものがあった。

　幕末、大塩中斎（平八郎）が師の佐藤一斎に寄せた書翰に『呻吟語』を購ひ得た悦びを記し、陽明学の書としてこれを耽読したことは、広く知られている。その後わが国でも、万延元年、幕府の官版として『呂新吾先生語録』の名を以て刊行され、多くの識者の愛読するところとなった（弊社既刊）。

その第二は、洪自誠（応明）の『菜根譚』である。これは、儒・仏・道三教兼修の士、洪自誠の語録で、明末に盛んであった「清言」の書である。読書人の基調をなす儒教的教養に加えて、仏・道二教にも通じ、三教兼修の士となることが、明代中期以降盛んであり、三教合一の真理を簡明な語録をもって表現したのが『菜根譚』であった。

わが国では、江戸時代後期文政年間、加賀藩で刊行されて以来今日に至るまで、多くの人びとに愛読されてきた。

その第三が、陸紹珩（湘客）の『酔古堂剣掃』である。この名著が安岡正篤先生の紹介により、広く世に知られるようになったのは、昭和十一年刊行の『童心残筆』の「養心生活」の項に風雅を主とする四十九条が掲載されたことを通してであった。

読み下し文に語註を加えたに過ぎない簡易な紹介であったが、文末五十一に「読めば読むほど、探れば探るほど、自分の考えていること、欲すること、何もかもすべて万事に古人が道破している。おかしくもあり、嬉しくもあり、癪でもあり、ありがたくもある。先生畏（おそ）るべく、後生愛すべし」と、まさに画龍点睛（がりょうてんせい）の「結び」を付して、「世に徇（したが）うことも出来ずに世に維（つな）がれて居る」者の一人である私の会心の語を、同病らしい陸湘客の剣掃から抄編したのも、今春養病中の一養真であった」とする前文一の「係り」に見事に呼応して読者を魅了して止まないところであったという。

『酔古堂剣掃』は、明末の卓越した読書人、陸紹珩が、生涯愛読した古典の中から会心の名言嘉句を収録した出色の読書録である。採録した出典は、古くは『史記』『漢書』から新しくは『呻吟語』『菜根譚』まで、主要なものだけでも五十を越え、しかも明代特有の儒・仏・道三教合一の教養に立ち、修身・処世、脱俗・隠遁、風雅・趣味等、東洋士君子の出処進退各般の分野にわたる詞華集（アンソロジー）であった。

明代の文化は、東アジア伝統文化の集大成であったといわれる。明末、三教併修の読書人は、その集大成された文化の荷担者を以って自任していた。陸紹珩もその一人であり、その著『酔古堂剣掃』は、嘉言・麗句を以って、東アジア伝統文化を集大成したものであった。

この書が成った天啓四（一六二四）年は、明帝、国が滅亡する二十年前に当り、内憂外患ますます集り、末期的混乱の最中であった。そのような無道の世に志を得なかった陸紹珩が、その慷慨(こうがい)・憤懣(ふんまん)の思いを古賢先哲の箴言等に託した作品が『剣掃』であった。

わが国でも、全く同様の状況にあった幕末、嘉永六(一八五三)年、池内陶所と頼三樹三郎によって本書が翻刻刊行されるや、たちまち志士の間に流布、愛読されるに至ったのも、類似の状況の中で、両者の慷慨・発憤のエートスが感応しあった故ではあるまいか。

本書は、安岡正篤先生が、『童心残筆』に掲載された抄編された四十九条をテキストとして、昭和五十一、五十二年の二度の師道研修会で、講読された内容を活字化したものである。円熟の境地に立たれた安岡先生の洒脱平明な講話の趣きを熟読玩味していただければ幸である。

公益財団法人 郷学研修所　安岡正篤記念館
副理事長・所長

荒井 桂

編集にあたっては、文字表記は原則として新字体・新仮名遣いとし、現代の時代感覚に合わない箇所については、内容の一貫性を斟酌してあえて加筆・訂正を避けました。

〈著者紹介〉

安岡正篤（やすおか・まさひろ）

明治31年大阪市生まれ。大正11年東京帝国大学法学部政治学科卒業。昭和2年（財）金雞学院、6年日本農士学校を設立、東洋思想の研究と後進の育成に努める。戦後、24年師友会を設立、政財界のリーダーの啓発・教化に努め、その精神的支柱となる。その教えは人物学を中心として、今日なお日本の進むべき方向を示している。58年12月逝去。著書に『いかに生くべきか——東洋倫理概論』『日本精神の研究』『王道の研究——東洋政治哲学』『人生、道を求め徳を愛する生き方——日本精神通義』『経世瑣言』ほか。講義・講演録に『人物を修める』『易と人生哲学』『佐藤一斎「重職心得箇条」を読む』『青年の大成』などがある（いずれも致知出版社）。

すい こ どうけんすい

酔古堂剣掃を読む

平成二十八年四月二十五日第一刷発行

著者　安岡　正篤

発行者　藤尾　秀昭

発行所　致知出版社

〒150-0001 東京都渋谷区神宮前四の二十四の九

TEL（〇三）三七九六—二一一一

印刷・製本　中央精版印刷

落丁・乱丁はお取替え致します。　（検印廃止）

©Masahiro Yasuoka　2016 Printed in Japan

ISBN978-4-8009-1111-7 C0095

ホームページ　http://www.chichi.co.jp

Eメール　books@chichi.co.jp

人間学を学ぶ
月刊誌
致知
CHICHI

人間力を高めたいあなたへ

●『致知』はこんな月刊誌です。

・毎月特集テーマを立て、ジャンルを問わず有力な人物を紹介
・豪華な顔ぶれで充実した連載記事
・稲盛和夫氏ら、各界のリーダーも愛読
・書店では手に入らない
・クチコミで全国へ（海外へも）広まってきた
・誌名は古典『大学』の「格物致知（かくぶつちち）」に由来
・日本一プレゼントされている月刊誌
・昭和53（1978）年創刊
・上場企業をはじめ、1,000社以上が社内勉強会に採用

── 月刊誌『致知』定期購読のご案内 ──

●おトクな3年購読 ⇒ 27,800円
（1冊あたり772円／税・送料込）

●お気軽に1年購読 ⇒ 10,300円
（1冊あたり858円／税・送料込）

判型:B5判 ページ数:160ページ前後 ／ 毎月5日前後に郵便で届きます（海外も可）

お電話
03-3796-2111（代）

ホームページ
致知 で 検索

致知出版社 〒150-0001 東京都渋谷区神宮前4−24−9

いつの時代にも、仕事にも人生にも真剣に取り組んでいる人はいる。
そういう人たちの心の糧になる雑誌を創ろう——
『致知』の創刊理念です。

私たちも推薦します

稲盛和夫氏　京セラ名誉会長
我が国に有力な経営誌は数々ありますが、その中でも人の心に焦点をあてた編集方針を貫いておられる『致知』は際だっています。

王 貞治氏　福岡ソフトバンクホークス取締役会長
『致知』は一貫して「人間とはかくあるべきだ」ということを説き諭してくれる。

鍵山秀三郎氏　イエローハット創業者
ひたすら美点凝視と真人発掘という高い志を貫いてきた『致知』に、心から声援を送ります。

北尾吉孝氏　SBIホールディングス代表取締役執行役員社長
我々は修養によって日々進化しなければならない。その修養の一番の助けになるのが『致知』である。

渡部昇一氏　上智大学名誉教授
修養によって自分を磨き、自分を高めることが尊いことだ、また大切なことなのだ、という立場を守り、その考え方を広めようとする『致知』に心からなる敬意を捧げます。

致知BOOKメルマガ（無料）　致知BOOKメルマガ　で　検索
あなたの人間力アップに役立つ新刊・話題書情報をお届けします。

安岡正篤 ロングセラー

名著を読むシリーズ

呂新吾の『呻吟語』に学ぶ人間修養の書

「呻吟語（しんぎんご）を読む」

リーダー必読!

時事問題を含めて自由自在に説かれた内容は、人物待望の現代における人間練磨の書といえよう
●定価＝本体1,500円＋税

人生を立命とする極意書『陰騭録』に学ぶ

「立命の書 『陰騭録（いんしつろく）』を読む」

道徳的規範・行動こそが運命を変える
努力と積善によって運命をひらいた袁了凡が説く立命の道
●定価＝本体1,500円＋税

中国太古の思想の集大成を紐解く人間学講話

「経世の書 『呂氏春秋（りょししゅんじゅう）』を読む」

人間の生き方の根幹を掴む
古代民族の宇宙観・自然観・人間観が凝縮された古典のエッセンスを詳説
●定価＝本体1,400円＋税

安岡正篤 人間学講話

究極の真髄 三部作

安岡正篤 人間学講話 第一弾

「活学講座」

学問は人間を変える

学は、その人の相となり、運となる

●定価＝本体1、600円+税

安岡正篤 人間学講話 第二弾

「洗心講座」

聖賢の教えに心を洗う

「中庸」「老子」「言志四録」「小学」に生きる智恵を学ぶ

●定価＝本体1、800円+税

安岡正篤 人間学講話 第三弾

「照心講座」

古教、心を照らす　心、古教を照らす

王陽明、中江藤樹、熊沢蕃山、儒教、禅、そして「三国志」。人間学の源流に学ぶ

●定価＝本体1、600円+税

安岡正篤シリーズ

いかに生くべきか―東洋倫理概論―
安岡正篤 著
若き日、壮んなる時、老いの日々。それぞれの人生をいかに生きるべきかを追求。安岡教学の骨格をなす一冊。
定価／税別 2,600円

日本精神の研究
安岡正篤 著
安岡正篤版『代表的日本人』ともいえる一冊。本書は日本精神の神髄に触れ得た魂の記録と呼べる安岡人物論の粋を集めた著作。
定価／税別 2,600円

王道の研究―東洋政治哲学―
安岡正篤 著
真の国士を養う一助にと、東洋政治哲学を究明し、王道の原理を明らかにした渾身の一書。
定価／税別 2,600円

人生、道を求め徳を愛する生き方―日本精神通義―
安岡正篤 著
かつて日本人が持っていた美質を取り戻すために、神道や仏教などの日本精神の源流とその真髄を学ぶ。
定価／税別 2,000円

経世瑣言総論
安岡正篤 著
人間形成についての思索がつまった本書には、心読に値する言葉が溢れる。安岡教学の不朽の名著。
定価／税別 2,300円

人物を修める―東洋思想十講―
安岡正篤 著
仏教、儒教、神道といった東洋思想の深遠な哲学を見事なまでに再現。安岡人間学の真髄がふんだんに盛り込まれた一冊。
定価／税別 1,500円

青年の大成―青年は是の如く―
安岡正篤 著
さまざまな人物像を豊富に引用して具体的に論説。碩学・安岡師が青年のために丁寧に綴る人生の大則。
定価／税別 1,200円

易と人生哲学
安岡正篤 著
『易経』を分かりやすく解説することで、通俗的運命論を排し、自主的、積極的、創造的に人生を生きるための指針を示す。
定価／税別 1,500円

安岡正篤一日一言
安岡正泰 監修
安岡師の膨大な著作の中から金言警句を厳選。三六六のエッセンスは、生きる指針を導き出す。安岡正篤入門の決定版。十四万部突破のベストセラー。
定価／税別 1,143円

安岡正篤活学一日一言
安岡正泰 監修
『安岡正篤一日一言』待望の姉妹篇。己を修めるのみならず、修めた己を以って社会に尽くしていこうという思いをも喚起させられる一書。
定価／税別 1,143円